Francia Combatiente

Por

Edith Wharton

LA IMAGEN DE PARÍS

AGOSTO DE 1914 – FEBRERO DE 1915

I

AGOSTO

El día 30 de julio de 1914, tras salir de Poitiers con dirección norte, almorzamos bajo los manzanos en un lugar próximo a la carretera, a los pies de una pradera. Ante nuestros ojos, a derecha e izquierda, se extendían nuevos terrenos agrestes que conducían hacia un bosque y hacia la torre del campanario de un pequeño pueblo. Todo a nuestro alrededor desplegaba la tranquilidad del mediodía, y nos mostraba esa sobria disciplina que con tanta facilidad la memoria del viajero está dispuesta a evocar como propia del paisaje francés. A veces, estos campos divididos por simples muros de piedra y esas aldeas grises y compactas pueden parecerle, incluso a alguien acostumbrado al lugar, espacios monótonos e insulsos; en cambio, en otros momentos, una imaginación sensible es capaz de captar en cada pedazo de tierra, e incluso en cada surco, la vigilante e incesante fidelidad que generaciones y generaciones vinculadas a la tierra han mantenido hacia ella. El propio pedazo de paisaje que se mostraba ante nosotros nos hablaba, línea a línea, de ese mismo vínculo. El aire parecía llegarnos cargado de los prolongados murmullos del esfuerzo humano, del ritmo de las labores que han de repetirse una y otra vez, y la serenidad de la escena parecía alejar de nosotros con una sonrisa los rumores de guerra que nos venían persiguiendo desde el inicio de la jornada.

El cielo estuvo todo el día cubierto de nubes que amenazaban tormenta, pero cuando llegamos a Chartres, a eso de las cuatro, las nubes se habían desplazado hacia el horizonte y la ciudad se mostraba tan bañada de la luz del sol que entrar en la catedral fue como adentrarse en la densa oscuridad de una iglesia española. En un primer momento los detalles resultaron imperceptibles. Nos hallábamos en medio de una noche oscura. Pero luego, a medida que las sombras fueron diluyéndose de manera gradual, agazapándose entre los pilares, la bóveda y las nervaduras, se abrieron paso, rotundas, las vidrieras y sus grandiosas cascadas de color. Enmarcadas por una profunda oscuridad, pero sumidas en el resplandor de un radiante sol de mediados de verano, aquellas familiares ventanas parecían singularmente remotas y, al tiempo, inmensamente vívidas. Tan pronto ampliaban sus límites semejando estanques de contornos oscuros aunque salpicados de los brillos del atardecer, como centelleaban mostrándose amenazantes cual escudo de un ángel guerrero.

Unas eran cataratas de zafiros, otras rosas que se derramaban de la túnica de un santo; unas eran fabulosas bandejas talladas sobre las que se esparcían las vestiduras celestiales, otras velas de galeones con destino a las islas de la Púrpura. Y, en el muro occidental, las dispersas llamas procedentes del rosetón que pendía como una constelación en la noche africana. Cuando el espectador retiraba los ojos de tan armoniosas y etéreas formas, las oscuras masas de mampostería que se ubicaban bajo ellas —veladas y envueltas todas ellas en una neblina azuzada por las humildes luces del altar— parecían simbolizar la vida sobre la tierra, con sus sombras, sus incómodas distancias y sus pequeñas islas de ilusión. Todo lo que una gran catedral puede representar, todos los significados que es capaz de expresar, todo el poder tranquilizante que puede llegar a infundir sobre el alma, toda la riqueza de detalles que puede fusionar en una gran manifestación de fuerza y belleza... Todo eso nos lo ofreció la catedral de Chartres en aquella hora perfecta.

Anochecía cuando llegamos a las puertas de París. Desde Saint-Cloud y Suresnes se podía percibir cómo palpitaba el Sena con el brillo azul-rosado del primer Monet. El Bois se extendía junto a nosotros en la quietud propia de una noche de verano, y el césped de Bagatelle se mostraba tan agradable como en el mes de junio. Bajo el Arco de Triunfo, los Campos Elíseos se deslizaban pendiente abajo arropados por el velo de la polvorienta luz del sol, hacia la bruma de las fuentes y del etéreo obelisco; y el curso de la vida estival fluía y refluía bajo los árboles de las avenidas adyacentes, marcado por el ritmo de lo cotidiano. La gran ciudad, erigida para la paz y el arte y para todas las cualidades inherentes a la condición humana, parecía yacer junto al río como una princesa custodiada por el cuidadoso gigante de la Torre Eiffel.

Al día siguiente, el aire amaneció cargado de rumores. Nadie los creía, pero todo el mundo se hacía eco de ellos. ¿Guerra? ¡Desde luego que no habría ninguna guerra! Los gabinetes ministeriales estaban de nuevo, como niños traviesos, caminando por el borde del precipicio, pero la férrea tendencia a que las cosas siguieran como estaban y la necesidad de continuar con los asuntos de la vida cotidiana lograron mantenerse de manera calmada y convincente para afirmarse contra el incesante intercambio de consignas diplomáticas. París siguió de forma ininterrumpida con las tareas propias de un verano ya avanzado: alimentar, vestir y divertir al gran ejército de turistas, el único invasor, de hecho, que la ciudad había visto desde hacía casi medio siglo.

No obstante, cada uno de nosotros sabía que también se estaban preparando otras operaciones. Ese tapiz de rutina aparentemente intacto que se extendía por el país se dejaba atravesar por silenciosos e invisibles hilos de preparativos, que se podían sentir en el calmado ambiente, igual que se percibe un inminente cambio de temperatura en la fragancia de una tarde perfecta.

París contaba los minutos que quedaban para la salida de los periódicos vespertinos.

Periódicos que no contaban nada o, al menos, muy poco más de lo que ya sabían todos los ciudadanos a lo largo y ancho del país.

—No queremos una guerra, mais il faut que cela finisse!

«Es necesario que esto acabe»: ésa era la frase que estaba en boca de todos. Si la diplomacia podía evitar la guerra, tanto mejor: nadie en Francia la quería. Cualquiera que hubiera pasado los primeros días de agosto en París podría dar fe de que éste era el espíritu generalizado. Pero si tenía que haber una guerra, entonces el país y cada una de sus almas estarían preparados para afrontarla.

En el taller de la modista, a la mañana siguiente, los cansados trabajadores se preparaban para las vacaciones. Estaban pálidos y ansiosos. Decididamente, el aire se había cargado de una desconfianza que resultaba novedosa. En la rue Royale, en la esquina de la place de la Concorde, había unas cuantas personas detenidas leyendo una pequeña tira de papel blanco adherida a una pared del Ministerio de la Marina. «Movilización general», rezaba el papel. Y una nación armada sabe lo que eso significa. No obstante, el grupo formado en torno a aquel papel no era muy numeroso, y se mantenía tranquilo. Los transeúntes leían el anuncio y seguían su camino. No hubo ovaciones ni gestos grandilocuentes: el aviso era ya lo suficientemente dramático como para fuera necesario dramatizarlo aún más. Como un monstruoso desprendimiento de tierra, el anuncio había ido a caer sobre el camino de una laboriosa y disciplinada nación, alterando su rutina, aniquilando sus industrias, desgarrando a sus familias, y enterrando bajo un montón de ruinas sin sentido la paciente y dolorosamente forjada maquinaria de la civilización.

Esa misma noche entramos en un restaurante de la rue Royale, y nos sentamos junto a una de las ventanas abiertas, a la altura de la calle. Desde allí vimos desfilar ante nuestros ojos nuevos y extraños grupos de gente. Pudimos comprobar cómo, en un abrir y cerrar de ojos, se ponía en marcha una movilización. Era como una tremenda interrupción en el flujo normal del tráfico; como la repentina ruptura de un dique. La calle se vio invadida por un torrente de personas que se deslizaban a nuestro lado en dirección a las distintas estaciones de ferrocarril. Todos iban a pie, cargados con su equipaje; no había vuelto a verse un coche, un taxi o un autobús desde el amanecer. El Ministerio de la Guerra había arrojado su red de arrastre, y había atrapado a todo el mundo en ella. La multitud que pasaba junto a nuestra ventana se componía principalmente de reclutas, los mobilisables de primera hora, que se encaminaban a la estación acompañados de sus familiares y amigos. Pero entre ellos había también pequeños grupos de turistas desconcertados que avanzaban cargados de bolsas y fardos, y que observaban cómo alguien transportaba, ante ellos, su equipaje en carretillas. Parecían niños abandonados y perplejos, inarticulados, atrapados en un remolino de mareas rumbo a la vorágine.

En el restaurante, una banda compuesta por músicos vestidos de rojo, muy conscientes de su condición de franceses, sembraba el lugar de música patriótica, y los intervalos entre los primeros y los segundos platos (cada vez con menos camareros para llevarse unos y traer los otros) se veían interrumpidos por la siempre recurrente obligación de ponerse en pie para oír La Marsellesa, de volver a hacerlo para oír el God Save the King, de nuevo para el Himno Nacional de Rusia, y vuelta a empezar para La Marselles a una vez más.

—Et dire que ce sont des Hongrois qui jouent tout cela! —observó una voz burlona desde la acera.

A medida que transcurría la noche, y los grupos que avanzaban por delante de nuestra ventana se hacían más numerosos, todos empezaron a unir sus voces en las canciones de guerra. Allons, debout! Y la ronda de obligaciones patrióticas comenzaba de nuevo. Solicitaban con frecuencia La chanson du départ, que el coro de espectadores entonaba con determinación. La nota preponderante en la calle era una especie de disposición silenciosa. Mientras bajaban por la rue Royale hacia la Madeleine, las bandas de los demás restaurantes atraían a otros grupos, y los estribillos castrenses se iban encadenando a lo largo del bulevar, como se encadenaban sus guirnaldas de lámparas de arco. Fue una noche de aclamaciones y cánticos, no bulliciosos, ciertamente, pero sí valientes y decididos. Era un magnífico exponente de lo mejor de la badauderie parisina.

Mientras tanto, más allá de la hilera de ociosos, seguía vertiéndose el flujo constante de reclutas. Sus esposas y familiares los escoltaban penosamente, cargando con todo tipo de extraños e improvisados paquetes y bolsas. Entre toda esta confusión externa, afloraba no obstante una alegre firmeza de espíritu. Los rostros que pasaban sin cesar ante nosotros se mostraban graves, pero no tristes; tampoco había en ellos el menor rastro de desconcierto. En sus ojos se adivinaba la mirada fija del ganado conducido por el hombre. Todos esos jóvenes, muchos de ellos casi unos chiquillos, parecían saber perfectamente lo que estaban a punto de hacer y por qué. Incluso el más joven de entre todos ellos parecía de repente más maduro y responsable. Todos comprendían qué era lo que se esperaba de ellos, y lo aceptaban.

Al día siguiente se ordenó que las tropas de viajeros estivales quedaran inmovilizadas para permitir que las otras tropas, las verdaderas, pudieran desplazarse. No habría más carreras alocadas hacia la estación ni más sobornos a los conserjes. No más vanas misiones en busca de taxis invisibles ni más horas de demacrada espera en la cola de Cook's. No salía ningún tren si no era para transportar a las ingentes masas de soldados; a los civiles que no hubieran conseguido sobornar a alguien, y meterse apretujados en un recoveco de alguno de los atestados vagones que partieron la primera noche, sólo les quedaba la opción de arrastrarse de vuelta a su hotel, a través de las abrasadoras calles, y, una vez, allí sentarse a esperar. Y eso hacían: regresar, decepcionados aunque también algo aliviados, al rotundo vacío de vestíbulos sin porteros, de restaurantes sin camareros, de ascensores paralizados. Volvían a la extraña y desarticulada vida de los hoteles de moda que, de pronto, habían empezado a actuar con la familiaridad y la provisionalidad propias de una pension del Barrio Latino. Mientras tanto, resultaba extraño contemplar la gradual paralización de la ciudad. Al igual que habían desaparecido de las calles los motores, los taxis, los coches y los furgones, del mismo modo abandonaron el Sena sus pequeños y vivaces barcos. Las barcazas también se evaporaron, o bien simplemente se quedaron varadas en sus muelles: había cesado cualquier actividad de carga y descarga. Las entradas a los grandes edificios se enmarcaban en un extraño vacío; las interminables avenidas se extendían en su longitud hacia espacios desiertos. Nadie se dedicaba a barrer las calles o a recortar los parterres de los parques y jardines. Las fuentes dormían en sus estanques. Nadie alimentaba a los gorriones, que aleteaban inquietos, y algunos perros, desprovistos de repente de sus hábitos cotidianos, deambulaban por las calles, intranquilos, en busca de un rostro conocido. París, tan sumamente consciente aunque, a la vez, tan extrañamente extasiada, parecía haber recibido una inyección de curare que se hubiera extendido por sus venas.

Al día siguiente, el 2 de agosto, asomados a la terraza del Hotel Crillon, pudimos observar un primer y débil intento de regresar al bullicio de la vida cotidiana. De vez en cuando, algún taxi o algún vehículo particular cruzaba la place de la Concorde para llevar a los soldados a las estaciones. Otros reclutas, en destacamentos, les seguían a pie con bolsas y estandartes. Un destacamento se detuvo ante la estatua de Estrasburgo, cubierta con un velo negro, y dejó una corona a sus pies. En cualquier otro momento, un gesto semejante habría servido para congregar a una gran multitud, pero en ese instante, cuando se podría haber esperado toda una explosión de patriotismo, no despertó más interés del que habría causado un soldado volviéndose para darle un centavo a un mendigo. Los que cruzaban la plaza en esos momentos ni siquiera se detuvieron para echar un vistazo. El significado de esta aparente indiferencia resulta obvio. Cuando una nación se moviliza, todo el mundo está ocupado: ocupado de una manera clara y apremiante. No se movilizan tan sólo los combatientes; los que se quedan deben hacer lo mismo. Para cada uno de los hogares franceses, para cada hombre y para cada mujer, la guerra implica una completa reorganización de su vida. El destacamento de reclutas, inadvertido, rindió su homenaje a la causa y continuó su camino.

Al mirar atrás, hacia aquellos primeros días en París, desde la distancia que da el haber superado las penurias de estos meses cargados de dureza, contemplo aquel escenario de solemne arquitectura y de cielos de verano bajo la luz de lo ideal y de lo abstracto. El repentino refulgir de la llama del patriotismo, la interrupción de todas las pequeñas o medianas preocupaciones, lograron despejar el aspecto moral de la situación al igual que se habían despejado las calles, con lo que el espectador tenía la impresión de estar leyendo un poema sobre la guerra en vez de estar enfrentándose a la realidad de la misma.

Algo de este sentimiento de exaltación parecía haber penetrado en el espíritu de las multitudes que recorrían arriba y abajo los bulevares hasta bien entrada la noche. El tráfico rodado había cesado, a excepción de los escasos taxis destinados a llevar a los reclutas a las estaciones; la parte central de los bulevares estaba tan atestada de viandantes como lo estaría un mercado italiano en una mañana de domingo. La inmensa marea oscilaba de un lado a otro a un ritmo lento, quebrándose de vez en cuando para hacer espacio a alguna de las «legiones» de voluntarios que se formaban espontáneamente en cada esquina: italianos, rumanos, sudamericanos, norteamericanos... Cada grupo presidido por su bandera nacional y, a su paso, jaleado con vítores. Pero también los aplausos eran sobrios: París no se despojaría de la serenidad que se había impuesto a sí misma. Se podía advertir un afán de nobleza consciente y voluntaria en el estado de ánimo de esa tranquila multitud. Una multitud que, por otro lado, era completamente heterogénea, compuesta por individuos que abarcaban todas las clases sociales: desde la escoria procedente de los bulevares exteriores hasta la más selecta crema de los restaurantes de moda. Tan sólo dos días antes, todas aquellas personas habían llevado vidas totalmente dispares, y habían mostrado las unas por las otras la más absoluta indiferencia, o puede que hasta un marcado antagonismo. Como extranjeros o como enemigos a ambos lados de una misma frontera. Pero ahora los obreros y los ociosos, los ladrones y los mendigos, los santos y los poetas, los que estaban hastiados de su existencia y los estafadores, el pueblo verdadero y los auténticos fanfarrones, todos ellos, se agrupaban, codo con codo, en una colectividad aunada por un mismo y espontáneo sentimiento. Afortunadamente, eran las gentes del «pueblo» quienes predominaban. Los rostros de los obreros se aprecian mejor en medio de una multitud semejante, y había miles de ellos, cada uno iluminado e individualizado gracias al flash de magnesio que se desprendía de su propia exaltación.

Recuerdo especialmente los firmes rostros de las mujeres, y también el hecho, quizá menor pero muy significativo, de que todas ellas se hubieran acordado de llevar con ellas a su perro. De entre esos afables compañeros, tan sólo los más grandes podían ver algo a través del bosque de piernas humanas. Los otros, si su tamaño resultaba adecuado y si, por tanto, sus dueñas podían sostenerlos en brazos, descansaban cómodamente en el refugio que les proporcionaba el pliegue de un codo y, desde esa posición protegida y privilegiada, cientos de pequeños y graves hocicos, romos o afilados, lampiños o peludos, marrones o grises o blancos o negros o pintos, contemplaban la escena con la tranquila conciencia del perro parisino. Era, sin duda, una buena señal el que aquella noche nadie se hubiera olvidado de ellos.

II

Ya se nos había mostrado, en términos por lo demás impresionantes, lo que significaba vivir una movilización. A continuación íbamos a aprender que la movilización es tan sólo uno de los efectos asociados a la imposición de la ley marcial, y que no resulta cómodo vivir bajo los dictámenes de esa ley; al menos, hasta que uno llega a acostumbrarse a ella.

En un primer momento, y a los ojos de un civil neutral, su objetivo principal parecía centrarse en el mero placer caprichoso de complicarnos la existencia. Y, en ese sentido, lo lograba con una inventiva que alcanzaba los más altos y rebuscados niveles de refinamiento. Las instrucciones comenzaron a llover sobre nosotros tras la aparente calma de los primeros días: instrucciones en cuanto a qué hacer y qué no hacer, a fin de que nuestra presencia resultara tolerable y nuestra integridad se mantuviera a salvo. En primer lugar, los extranjeros no podían permanecer en Francia sin haber informado previamente a las autoridades de su nacionalidad y antecedentes, y para ello resultaba necesario realizar repetidas e infructuosas visitas a cancillerías, comisarías y consulados, ya de por sí suficientemente atiborrados de alterados solicitantes como para permitir de buen grado la presencia de nadie más. Entre estas vanas peregrinaciones, el viajero impaciente por salir del país tenía que recorrer penosamente a pie la distancia que le separaba de las estaciones de ferrocarril, de las que regresaba desconcertado por las vagas respuestas que allí recibía, y desalentado al saber que, de haber billetes disponibles, éstos también debían ser visés por la policía. Hubo un momento en que parecía que hasta los pensamientos más íntimos debían obtener ese inalcanzable visado (para conseguirlo era forzoso pasar más horas inútiles en cochambrosas escaleras, formando parte de los sudorosos grupos de extranjeros). Mientras tanto, lo más probable era que el dinero que uno había llevado consigo fuera agotándose, y entonces debía enviarse un cable o un telegrama a alguien pidiendo que enviara más. ¡Ah! Pero también los cables y los telegramas debían ser visés e, incluso siéndolo, no existía garantía alguna de que fueran a enviarse realmente. Entonces no se utilizaban códigos, y el ridículo número de palabras contenidas en una dirección de Nueva York parecía multiplicarse mientras los francos disminuían en nuestros bolsillos. Cuando, finalmente, se lograba enviar el cable, siempre existía la posibilidad de que se perdiese por el camino o bien de que llegase a su destino sólo para dar lugar, al cabo de días y más días de ansiosa espera, a una desalentadora respuesta: «Imposible por el momento. Hacemos todo lo que podemos». Resulta justo añadir que, a pesar de lo tedioso e irritante de muchos de estos procedimientos, en gran medida resultaron más llevaderos gracias al inesperado y constante buen talante del funcionariado francés, que, probablemente por primera vez en la extensa historia de su profesión, decidió dejar a un lado su forma habitual de comportarse, y se mostró afable.

Afortunadamente, estas incesantes idas y venidas por la ciudad hacían que con frecuencia nos viéramos obligados a caminar por sus bellas y ociosas calles, más y más bellas y ociosas cada día, en medio del verano. Nunca antes se había extendido sobre París una tersura vespertina de semejante color gris azulado; ninguna otra puesta de sol había hecho que el Trocadero se convirtiera en la Cartago de Dido. Y, por encima de todo, nunca una luna se había mostrado tan señorial en su recorrido por unas noches tan perfectas. El Sena participaba asimismo con no menos intensidad en este misterioso incremento de la belleza urbana. Liberado de cualquier clase de tráfico, sus arrebatadas crestas quedaban apaciguadas y convertidas en largos y suaves tramos en los que, por fin, muelles y monumentos podían hallar su reflejo intacto. Ya no se veían por las noches las luces como de luciérnaga de los barcos, y los reflejos de los faroles se alargaban convertidos ahora en cintas de color rojo y oro y púrpura, que dormían en la pacífica corriente cual sinuosas plantas acuáticas. A continuación emergía la luna y tomaba posesión de la ciudad, liberándola de todo contratiempo, calmándola y ampliándola, devolviéndole de nuevo su ideal de fuerza y reposo. Había algo extrañamente emotivo en esta nueva ciudad de las noches de agosto, tan expuesta y a la vez tan serena, como si su propia belleza se bastara por sí sola para protegerla.

De ese modo, gradualmente, fuimos habituándonos a vivir bajo los rígidos preceptos de la ley marcial. Después de unos días de confusa adaptación, los inconvenientes a nivel personal resultaron ser tan escasos que casi sentíamos vergüenza de no estar peor de lo que estábamos; de que no se nos exigiera que, de alguna manera, contribuyéramos a la causa con sacrificios de mayor índole. A lo largo de la primera semana, más de dos tercios de los comercios habían echado el cierre. La mayor parte de ellos mostraban en sus escaparates clausurados un cartel que rezaba: «Pour cause de mobilisation». Ello ponía de manifiesto que tanto el patron como el personal se encontraban luchando en el frente. Pero también permanecían abiertos los suficientes comercios como para poder satisfacer las necesidades cotidianas, y el cierre de los otros servía para demostrar lo mucho que se puede llegar a prescindir de ciertas cosas. Los suministros eran tan baratos y abundantes como siempre; sin embargo, durante un cierto periodo de tiempo resultó más sencillo comprar comida que conseguir que alguien la cocinara. Los restaurantes cerraban con rapidez, y a menudo había que recorrer largas distancias en busca de uno que sirviera comidas, y, además, esperar un buen rato hasta ser atendido. Algunos hoteles, pocos, aún se las ingeniaban para mantener una titubeante actividad, impulsados por la ocasional afluencia de viajeros procedentes de Bélgica y Alemania. Pero la mayoría de ellos habían cerrado ya o bien se estaban transformando a toda prisa en hospitales.

Los letreros que colgaban de las puertas de estos hoteles comenzaron a perturbar la soñadora armonía de París. Toda la ciudad se cargó, al parecer en una sola noche, de cruces rojas. Dos de cada tres edificios mostraban ahora la banda roja y blanca que cruzaba sus fachadas con las palabras «Ouvroir» u «Hospital» escritas debajo. Había algo siniestro en estos preparativos para unos horrores aún difíciles de concebir; en la fabricación de vendas para miembros que en aquellos momentos estaban sanos e intactos; en el reparto de almohadas para el reposo de unas cabezas que todavía se mantenían erguidas. Pero, a pesar de subrayar la gran aflicción que aún estaba por llegar, lo cierto es que todas estas señales de advertencia no lograron despertar del todo a la ciudad del profundo trance en que se hallaba. Los primeros días de la guerra estuvieron marcados por una especie de inadvertida confianza, ni jactanciosa ni necia, pero sí completamente distinta de la lúcida y firme determinación que surgiría a raíz de las experiencias que se vivirían a lo largo de los meses siguientes. Resulta difícil evocar, sin que parezca una exageración, el clima que reinaba a principios de agosto: esa convicción, ese equilibrio, esa especie de sonriente fatalismo con que París se entregó a su cometido. Es probable que tanto la propia belleza de la estación como el silencio en que se había sumido la ciudad contribuyeran a producir semejante estado de ánimo. La guerra, esa furia arrolladora, se había anunciado a sí misma mediante una enorme ola de tranquilidad. Nunca fue el silencio tan perfecto: el silencio de una calle es siempre mucho más profundo que el de los bosques o el de los campos.

Lo sofocante del aire de agosto intensificaba esta impresión de que la vida estaba en suspenso. Los días transcurrían en medio de un silencio demoledor, pero por las noches ese mismo silencio se agudizaba. En el barrio en que vivíamos, ya de por sí desierto en verano, todas las casas tenían las contraventanas cerradas y el mutismo se extendía por las calles como si estuviéramos en una catacumba; el menor ruidito sonaba como un desgarrón en medio de un negro manto de quietud. Podían escucharse las pisadas exhaustas de un animal cojo que estuviera a un kilómetro de distancia, y cómo golpeaban contra el pavimento, como en una sucesión de detonaciones, los pasos de los policías que custodiaban la embajada al otro lado de la calle.

Incluso los múltiples rumores que anunciaban el despertar de la ciudad habían cesado. Si aún quedaban barrenderos, basureros o traperos, todos ellos debían de ejercer su oficio con un sigilo propio de fantasmas. Recuerdo que una mañana me desperté de un sueño profundo a causa de un ruido terrible. Me senté sobresaltada y descubrí que aquello que me había despertado tan súbitamente en mi habitación había sido el intercambio en voz baja de un bonjour procedente de la calle.

Otro hecho que demostraba que la realidad de la guerra se mantenía alejada de París era la curiosa ausencia de tropas en las calles. Después de los primeros y apresurados movimientos de reclutas corriendo hacia sus destinos, podría parecer que un reino de paz se había instaurado entre nosotros. Si bien las ciudades más pequeñas se veían inundadas de soldados, las vacías avenidas de la capital, en cambio, no reflejaban el brillo de ningún arma ni acogían los ecos de ninguna canción militar. París se negó a evidenciar en su seno cualquier representación de la guerra, y alimentó el patriotismo de sus hijos mediante el simple despliegue de su belleza. Con eso era suficiente.

Incluso cuando comenzaron a llegar las noticias de los primeros y efímeros éxitos en la zona de Alsacia, los parisinos continuaron con su pausado proceder. Los únicos clamores fueron los de los repartidores de periódicos, y hasta ésos quedaron silenciados en seguida por decreto. Era como si se hubiera decidido por unanimidad, de manera instintiva, que el París de 1914 no debía asemejarse en ningún sentido al París de 1870; y como si dicha resolución se hubiera filtrado, en el mismo momento del parto, a la sangre de los millones de personas que hubieran nacido desde aquella fatídica fecha, ajenos a su amargo significado. Esa unanimidad en cuanto a la necesidad de moderación fue la más destacada peculiaridad de este pueblo sumido en una guerra inesperada e indeseable. En un primer momento, su firmeza de espíritu podría haber pasado por el desconcierto propio de una generación nacida y criada en un ambiente de paz, que todavía no llegaba a comprender las verdaderas implicaciones de una guerra. Pero sería precisamente en medio de un estado de ánimo semejante cuando un triunfo fácil podría haber producido ciertos efectos alarmantes. Las voces que gritaban A Berlin! en 1870 eran proferidas por las multitudes que se echaron a las calles. Ahora, en cambio, las multitudes se mantenían centradas en sus asuntos, a pesar del aluvión de ediciones extras de los periódicos, quizá demasiado optimistas dadas las circunstancias.

Recuerdo la mañana en que el chico de la carnicería vino con la noticia de que se había colgado la primera bandera alemana en el balcón del Ministerio de la Guerra. Ahora, pensé, será cuando se desborde el espíritu latino. Y yo quería estar allí para verlo. Descendí a toda prisa por la tranquila rue de Martignac, doblé la esquina de la place Sainte Clotilde, y fui a darme de bruces con una disciplinada multitud que ocupaba la calle frente al Ministerio de la Guerra. La multitud se mostraba tan en orden que unos pocos gestos pacíficos por parte de la policía lograron abrir sin dificultad una vía para que siguieran circulando tanto los taxis como los vehículos militares que, de continuo, pasaban como una exhalación. Había allí representantes de todas las clases sociales, y muchas familias con niños pequeños sobre los hombros de sus madres o bien, si resultaban demasiado pesados, en los brazos de los policías. Puedo afirmar sin temor a equivocarme que casi todos los hombres y mujeres que formaban parte de aquel gentío tenían a algún soldado en el frente. Y allí, ante ellos, habían colgado por primera vez, como un trofeo, una bandera del enemigo: una espléndida bandera de seda, blanca y negra y carmesí, bordada en oro. Era la bandera de un regimiento alsaciano; un regimiento de la Alsacia prusianizada. Aquella enseña simbolizaba lo más infame de entre todo el montón de infamias que se desplegaban ante ellos; simbolizaba el porqué de su rencor y de su odio más ancestral, y la razón por la cual, a falta de cualquier otro motivo, Francia no podía deponer las armas. No hasta que cayera la última de aquellas banderas. Y allí estaban, de pie, observándola. Su postura no era la de una multitud pusilánime que no comprende lo que tiene ante sí, sino la de una colectividad consciente, que sabe lo que ocurre, y que prefiere mantenerse en silencio. Como si ya previera lo mucho que iba a costar conservar esa bandera allí donde estaba, junto a muchas otras que vendrían después; como si previera ese coste y lo aceptara. Parecía que la audacia se hubiera instalado hasta en el pecho de los niños que formaban parte de aquella muchedumbre, y en el de las madres que los sostenían en sus débiles brazos. Así que todos ellos contemplaban la bandera y se marchaban, dando paso a otros que, de la misma manera, la contemplaban a su vez y que luego abandonaban el lugar. La multitud fue renovándose así durante todo el día aunque, a la vez, se trataba en cierto modo de la misma multitud, concentrada, consciente y silenciosa, que observaba de forma ininterrumpida la bandera y que sabía lo que significaba que estuviera allí. En agosto, bien podría ser ésta una de las imágenes de París.

III

FEBRERO

Febrero atardece sobre el Sena. Los barcos navegan de nuevo, pero se detienen al caer la noche, y el río vuelve a mostrarse suavemente impenetrable, con los mismos prolongados reflejos que lucía sobre sus aguas en el mes de agosto, semejantes a plantas acuáticas. Sólo que los reflejos son ahora más escasos y más pálidos; en todos lados se amortigua el brillo de las luces. El contorno de los muelles es apenas perceptible, y las elevaciones del Trocadero se difuminan en la penumbra de la noche, que en este momento diluye incluso las sólidas torres de Notre-Dame. Sólo unos pocos faroles lanzan su llorosa y zigzagueante luz sobre las húmedas aceras. Las tiendas están cerradas, y las ventanas que asoman por encima de ellas se muestran cubiertas por densas cortinas. Los rostros de todas las casas se han quedado ciegos.

En las estrechas calles de la Rive Gauche la oscuridad es más profunda aún, y las pocas luces que aparecen dispersas en patios o cités producen un extraño efecto, propio de los enigmas de Piranesi. El fulgor del brasero del vendedor de castañas asadas en la esquina de una calle hace que parezca más vívida la impresión de estar en la vieja y azarosa Italia, y la oscuridad que vuelve a surgir más allá parece plagada de intrigas y conspiraciones. De regreso a casa, voy a dar a una calle vacía que se abre entre altos muros y que dispone de una única luz que se muestra muy allá, justo en el otro extremo. No se ve un alma, y mis pasos retumban sin cesar en medio del silencio que me rodea. De repente aparece una tenue figura que dobla la esquina delante de mí. ¿Hombre o mujer? Imposible saberlo hasta que me sitúe a su altura. La niebla de febrero hace que la oscuridad resulte aún más profunda, y los rostros que pasan a nuestro lado resultan indistinguibles. En cuanto a los números de las casas, a nadie se le ocurre intentar siquiera buscarlos. Si se conoce el barrio en que se está, lo más común es empezar a contar las puertas desde la esquina o tratar de dar con un balcón o un frontón que nos resulte familiar. Si, por el contrario, se está en una calle desconocida, se debe preguntar en la tienda de artículos para fumador más cercana, ya que, en lo que se refiere a encontrar un agente de policía, sería prácticamente imposible adivinar a un metro de distancia si se está ante uno o ante la propia abuela.

Así son las noches de París después de seis meses de guerra. Los días resultan menos destacables y menos románticos.

Han desaparecido casi todo el entusiasmo inicial de la aventura y las primeras emociones. O, al menos, así se lo parece a aquellos que han experimentado el gradual restablecimiento de la vida cotidiana. Los observadores procedentes de otros países podrían llevarse una impresión distinta, incluso aquellos que vienen de zonas también implicadas en la guerra: después de Londres, con todos sus teatros abiertos y su maquinaria de entretenimiento casi intacta, París también se muestra como una ciudad en la que se tiene muy en cuenta lo que importa de verdad. Para los que vivieron el silencio de aquel primer mes iluminado por el sol, las calles muestran en la actualidad una actividad casi normal. La desaparición de los autobuses y de las enormes furgonetas para el comercio de la madera ha hecho que ahora se puedan apreciar horizontes antes olvidados, y ha dejado al descubierto gran parte de la elegancia perdida de algunos edificios. Pero los taxis y los vehículos particulares siguen siendo casi tan frecuentes como en tiempos de paz, y el peligro de ir a pie se mantiene en su nivel habitual debido a las incesantes idas y venidas de esas máquinas de destrucción sin igual: los vehículos adscritos al hospital y al Ministerio de la Guerra. Muchas tiendas han vuelto a abrir, algunos teatros —pocos— llevan a escena obras de teatro de corte patriótico o programas mixtos que mezclan el sentimentalismo y la felicidad, muy adecuados para la época, y el cine vuelve a desenrollar sus kilómetros de película cargada de acontecimientos.

Durante una época, en septiembre y octubre, las calles se animaron gracias al incesante paso de los soldados ingleses y a la ruidosa procesión de los vehículos militares británicos. Luego desaparecieron las caras nuevas y desaparecieron los uniformes elegantes, y ahora lo más parecido al «militarismo» que París puede ofrecerle al turista ocasional consiste en la esporádica aparición de un puñado de piou-pious haciendo prácticas en la embarrada explanada de los Inválidos. Pero hay otro ejército en París. Sus primeros destacamentos llegaron durante los oscuros días de septiembre, hace meses. Se trata de la triste retaguardia que avanza sobre París tras la retirada de los Aliados. Su número ha venido creciendo desde entonces, y su sombría afluencia ha pasado a formar parte del flujo rutinario de la vida en la ciudad. Así, se mire donde se mire, en todos los barrios y a todas horas, uno puede ver cómo, mezcladas entre los parisinos —siempre tan ocupados, tan confiados y de paso tan firme—, esas otras personas, tanto hombres como mujeres, deambulan aturdidas, muy despacio, soportando a sus espaldas fardos llenos de miseria, arrastrando los pies cubiertos con unos zapatos destrozados, tirando de la mano de los niños que se revuelven a su lado, y apretando contra su pecho a sus agotados bebés. Es el gran ejército de los refugiados. Sus rostros son inconfundibles e inolvidables. Nadie que haya cruzado en alguna ocasión su mirada con la del desconcierto mudo o con la que emana del horror intenso y continuado, una mirada cargada de imágenes de llamas y ruinas, podrá quitarse jamás de encima la obsesión por los refugiados. Una imagen completa de París ha de incluir también a este grupo, que constituye la mancha que oscurece el brillo del rostro que la ciudad vuelve hacia el enemigo. Esta pobre gente no puede pensar en un triunfo final más allá de sus propias fronteras. Casi todos ellos pertenecen a una clase de personas cuya experiencia de lo que sucede en el mundo se mide por la longitud de la sombra que proyecta el campanario de su pueblo. No les interesan las leyes de la causalidad más que a los miles de muertos de Avezzano. Se encontraban arando y sembrando sus tierras, hilando y tejiendo y dedicándose a lo suyo, cuando de repente una gran oscuridad cubierta de fuego y de sangre cayó sobre ellos. Y ahora están aquí, en un país extraño, rodeados de rostros desconocidos y de una nueva manera de hacer las cosas, sin nada en el mundo excepto el recuerdo de sus hogares incendiados, de los niños masacrados, de los jóvenes arrastrados a la esclavitud, de los bebés arrancados de los brazos de sus madres, de los ancianos pisoteados por unas suelas bañadas en alcohol, y de los sacerdotes asesinados mientras oraban junto a los moribundos. Eso es lo que han vivido los cientos de personas que todos los días se agolpan frente a las puertas de los refugios improvisados para acogerlos. Las gentes que reciben una cuna en un dormitorio, un cupón para cambiarlo por comida y, tal vez, si ese día tienen suerte, un par de zapatos, como pago después de haber perdido todo lo que puede hacer que la vida parezca agradable o inteligible o, al menos, soportable.

¿Qué hacen, mientras, los parisinos? Por un lado, y se trata de una buena señal, vuelven a entrar en las tiendas y, en especial, por supuesto, en los «grandes almacenes». Durante los primeros días de la guerra no había nada más extraño que contemplar el vacío del interior de esos enormes palacios, por donde uno podía deambular entre los productos disponibles en busca de unos vendedores que habían desaparecido. Quedaban, desde luego, unos cuantos empleados; los suficientes, en realidad, para los pocos compradores que entraban con la intención de interrumpir sus cavilaciones. Aunque lo cierto es que esos pocos empleados no se mostraban muy dispuestos a dejarse interrumpir: acechaban desde detrás de sus paneles de tela, desde detrás de sus bastiones de franela, como con vergüenza a ser descubiertos. Y, cuando se lograba por fin que salieran, entonces desplegaban de manera automática la habitual serie de gestos, como si se preguntaran con amargura cómo era posible que alguien quisiera comprar algo. Recuerdo cómo una vez, en el Museo del Louvre, todos los empleados de una misma «sección», incluido el vendedor al que yo intentaba engatusar para que me mostrara unas gasas estériles, abandonaron a la vez su puesto de trabajo para congregarse en torno a un motorista que llevaba un uniforme cubierto de barro, y que se había dejado caer por allí para visitar a sus amigos y, de paso, contarles todo tipo de anécdotas del frente. En cualquier caso, transcurridos seis meses, el apetito por satisfacer ciertas inclinaciones cotidianas se ha instalado de nuevo entre los ciudadanos; y en lo que se refiere a las mujeres, una de las más importantes inclinaciones cotidianas es ir de tiendas. Digo «ir de tiendas», y no comprar, para diferenciar lo que es la aburrida compra de lo imprescindible de esa voluptuosidad de adquirir cosas sin las que se podría pasar perfectamente. Es evidente que muchas de las miles de mujeres que en la actualidad se abren paso hacia las tiendas deben de estar permitiéndose este último deleite. De otro modo, ¿cómo explicar las aglomeraciones en los grandes almacenes en un momento en que las necesidades reales han quedado reducidas al mínimo? Incluso contando con la inmensa e inacabable compra de suministros para hospitales y talleres, incluso teniendo en cuenta el incesante aprovisionamiento de los innumerables centros de beneficencia, no hay nada que explique ese hervidero en otras secciones, salvo el hecho de que, finalmente, la mujer, por muy valiente que sea, por muy abnegada, por mucho que haya intentado resistirse y por mucho que haya sufrido, suponga lo que suponga para su bolsillo y para sus ideales, ha comenzado a ir de tiendas de nuevo. Ha renunciado al teatro, se resiste a entrar en las confiterías, asiste de manera furtiva y como pidiendo disculpas a algunos conciertos (a precios módicos)... Pero el vaivén de las puertas de los grandes almacenes la arrastra de forma irresistible hacia sus arenas movedizas de restos de temporada y de rebajas.

En este sentido, nadie desearía que París cambiara. Es una buena señal ver cómo las multitudes vuelven a entrar en las tiendas, a pesar de que el espectáculo resulte mucho menos interesante que el de esas otras multitudes que acuden en tropel a diario (los asistentes se multiplican los domingos) al puente de Alejandro III para, desde allí, llegar a la gran explanada de los Inválidos, donde aparecen expuestos los trofeos arrancados a los alemanes. Aquí el corazón de Francia bombea una sangre más vigorosa y, al contemplar cómo la multitud constantemente renovada se instala, cara a cara, frente a la triple hilera de armas alemanas, una parte de esa fuerza se transfunde también a las venas de los extranjeros. Aquellos artefactos funestos habían golpeado a la práctica totalidad de los integrantes de la multitud, tocada por algún tipo de desgracia: ante la sola visión de esas máquinas del mal renacen las pérdidas personales, los recuerdos lacerantes. Pero el dolor individual es el sentimiento menos perceptible en la ciudad de París. No resulta descabellado afirmar que el rostro del parisino, tras seis meses de sufrimiento, ha adquirido rasgos nuevos. Y la transformación parece haber afectado a la propia materia con que fue modelado, como si la humilde arcilla humana se hubiera visto endurecida a causa del largo calvario, hasta quedar convertida en una densa sustancia perdurable. A menudo me cruzo por la calle con mujeres cuyos rostros parecen haberse transmutado en medallas conmemorativas. Imágenes idealizadas de lo que una vez fue su verdadera carne. Y las máscaras de algunos hombres (esas extrañas máscaras galas de aspecto atormentado, arrugadas y rechonchas, un poco como de sátiro) semejan los bronces del Museo de Nápoles, abrasados y retorcidos tras su bautismo de fuego. Pero ninguno de estos rostros revela una aflicción personal: lo que les preocupa, a todos y cada uno de ellos, es ver cómo Francia recupera sus fronteras. Incluso en la mirada de las mujeres que comparan los diferentes anchos de unos encajes de Valenciennes en el mostrador de la tienda se aprecia un vestigio de ese mismo anhelo. O tal vez se trate de que una ya no es capaz de fijarse en aquellas personas que no lo muestran.

De París todavía puede decirse que no ha asumido el aspecto de una ciudad en guerra. Se ven tan pocas tropas como de costumbre, y de no ser por las idas y venidas de los ordenanzas adscritos al Ministerio de la Guerra y al Gobierno

Militar, y por unos cuantos uniformes que se elevan, dispersos, junto a las puertas de los cuarteles, resultaría difícil encontrar en las calles cualquier otro indicio de que estamos en guerra. Ningún indicio salvo, claro está, el de la presencia de los heridos. Han comenzado a aparecer hace no muchos días ya que durante los primeros meses de la guerra no llegaban hasta París, y los hospitales de la capital —tan magníficamente preparados— estaban casi vacíos mientras que otros centros, por todo el país, se veían desbordados. Mucho se ha especulado, y muchas explicaciones se han dado, acerca de las razones de semejante postergación a la hora de traer a los heridos a París, y entre las causas que se barajan está la que afirma que se ha preferido mantener la extraordinaria fortaleza moral de la ciudad. Una fortaleza que ha marcado la pauta para todo el país y que ahora goza de la suficiente fuerza y de la suficiente buena salud como para enfrentarse a la contemplación de cualquier tipo de sufrimiento.

Y hay mucho sufrimiento al que enfrentarse. Por las aceras, el número de figuras renqueantes aumenta día a día, como también aumenta la frecuencia con que pasan los vehículos que dejan adivinar las pálidas cabezas vendadas de sus ocupantes. Vemos muchos uniformes en el patio de butacas de teatros y auditorios, y aquellos que los llevan suelen tener que esperar a que se vacíe la sala antes de salir cojeando, apoyados en el brazo de algún amigo. Son casi todos muy jóvenes, y es precisamente la expresión de su rostro lo que me gustaría describir como la misma esencia de lo que he denominado «la imagen de París». Se muestran muy serias, esas caras tan jóvenes. Mucho oímos hablar acerca de la alegría en las trincheras, pero los heridos no están alegres. Aunque tampoco tristes. Están tranquilos, meditabundos, extrañamente purificados y maduros. Como si su gran experiencia les hubiera exonerado de la mezquindad, de la vileza y la frivolidad, y les hubiera dejado tan sólo con lo más básico del carácter, con la sustancia fundamental del alma, para transformar después esa misma sustancia en algo fuerte y exquisitamente templado. De modo que, durante años, París se avergonzaría de mostrar de sí misma cualquier imagen que resultara indigna de la imagen que ofrecían aquellos rostros.

****

EN ARGONE

I

A finales de febrero, un permiso para visitar unas cuantas ambulancias y hospitales de campaña tras las líneas nos proporcionaría la primera imagen real de la guerra.

París ya no forma parte de la zona militar, y desde que perdiera dicha condición también su aspecto ha cambiado. Aunque todavía resulte obvio que continúa bajo la gran nube de la guerra, parece que el nuevo ambiente creado por la reactivación de la actividad cotidiana consigue dar la impresión de que la amenaza que esa misma nube arroja sobre la ciudad queda ya muy lejos, y no sólo en el espacio, sino también en el tiempo. Hace unos meses, París era plenamente consciente de la proximidad del enemigo, y ahora, en cambio, parece haber olvidado por completo esa cercanía. Resulta asombroso cómo se puede pasar, en un trayecto de no más de treinta kilómetros desde los accesos a la ciudad, de una atmósfera de seguridad a tener la sensación de haber entrado en el mismo corazón de la batalla.

Viajando hacia el este, apenas se deja atrás Meaux, se comienza a apreciar el cambio. Entre esa tranquila ciudad episcopal y la ciudad de montaña de Montmirail, a unos sesenta kilómetros al este, no hallamos muchos vestigios del terrible combate de septiembre. Quizá encontremos, en ciertos puntos dispersos, en terrenos sin cultivar o entre los negruzcos surcos de una tierra recién cavada, pequeños montículos con una cruz de madera encima y una corona de flores. Sin embargo, vemos ciertas señales nada favorables que sí empiezan a darnos a entender que acabamos de penetrar en otro mundo. En el curso del frío día de febrero en que salimos de Meaux para encaminarnos hacia la región de Argonne, pudimos comprobar en las aldeas que fuimos atravesando que dicho cambio se apreciaba principalmente en la curiosa ausencia de seres vivos. De vez en cuando dábamos con algún labrador que, con sus útiles de labranza, se recortaba solitario sobre el horizonte, o con un niño y una anciana que observaban la calle desde la puerta de su casa. Pero lo cierto es que casi todos los campos estaban en barbecho y casi todas las puertas vacías. Nos cruzamos con unos pocos campesinos en sus carros, con un desconcertado leñador por un bosquecillo, con un peón caminero que daba martillazos en la piedra... Pero el «vehículo privado» había desaparecido, y todos los polvorientos coches que nos adelantaban a toda prisa venían identificados con el símbolo de la Cruz Roja o con el número de alguna división del ejército. En cada puente y en cada paso a nivel, algún centinela instalado en medio de la carretera nos detenía con el fusil alzado y nos pedía los documentos. No había muchas más muestras tangibles del gobierno militar en lo que se refiere a este tipo de inconvenientes. Pero tras dejar atrás la primera elevación que encontramos una vez pasada la ciudad de Montmirail tuvimos la sensación de que por fin estábamos ante la verdadera guerra.

A lo largo de la sinuosa carretera que nos llevaba hacia el este por unos campos plagados de zanjas, se amontonaban los vehículos del ejército en hileras interminables, sólo quebradas de vez en cuando por la aparición de la oscura masa de algún regimiento de a pie o por el traqueteo del desplazamiento de la artillería. En los intervalos en que cesaba el tráfico militar, la carretera quedaba a nuestra entera disposición, con la sola excepción del paso vertiginoso de los mensajeros en sus motocicletas y del horrible sonido del claxon de los pequeños vehículos que transportaban a los oficiales, siempre con los ojos increíblemente abiertos bajo sus cascos de lana y piel de oveja.

A ambos lados de la carretera, las desperdigadas aldeas parecían desiertas. Y no de manera figurada, sino literalmente desiertas. Ninguna de ellas había sufrido las consecuencias de la invasión alemana, y sólo se veía alguna casa arrasada a causa de algún acto vandálico cometido al azar. Pero, desde que se produjera la huida generalizada de septiembre, nadie ha regresado a ellas. Las tropas pueden asentarse de manera provisional en alguno de estos lugares, pero, en cualquier caso, la fértil zona comprendida entre Montmirail y Châlons es ahora un erial.

La primera perspectiva de Châlons resulta extraordinariamente estimulante. La vieja ciudad, emplazada en un lugar muy agradable —entre el canal y el río—, es ahora el cuartel general de un ejército entero. Y cuando hablo de un ejército me refiero a uno auténtico, no a un simple cuerpo o a una división. La red de calles, grises y provincianas, distribuidas en torno a las torres románicas de Notre-Dame parecen estremecerse bajo los efectos de la alteración propia de una guerra. La plaza que se abre ante el hotel principal, magníficamente bautizado con el incomparable nombre de «Haute Mère-Dieu», ofrece una imagen tan vívida como la que podría brindarnos cualquier escena de una guerra moderna. Las columnas de grises furgones y vehículos de carga no constituyen un cuadro tan radiante como el que presentaría un destacamento de caballería; ni las motocicletas, que aceleran al pasar, restallantes, ni los veloces «Torpedo» podrían competir con el brillo de los yelmos o las cabriolas de los corceles de batalla. Pero cuando los ojos se habitúan a la fealdad de las líneas y a los neutros matices de la nueva guerra, la escena que se desarrolla ante nosotros en aquella bulliciosa y atestada plaza llega a transformarse en algo verdaderamente impresionante. Nos hallamos ante lo que constituye el quehacer básico de una gran guerra, con toda su energía acumulada y, además, sin el triste acompañamiento que ofrece cualquier indicio de que, en algún lugar distante, esa misma energía está causando, día tras día y hora tras hora, una serie de efectos. No obstante, incluso en este lugar, esos efectos no parecen tan distantes, ya que no se puede pasar por Châlons sin dar con el prolongado desfile de éclopés que avanzan desde la estación como los derrotados restos de un naufragio: seres que no han sido heridos pero que sí han quedado maltrechos, destrozados, medio paralizados, con sordera y congelados tras la terrible lucha. Estos pobres desdichados llegan a miles todos los días desde el frente para descansar y recuperarse. Y resulta penoso contemplar su paso renqueante y cruzar la mirada con aquellos ojos que han visto cosas que los demás no podemos siquiera llegar a imaginar.

Si se llegaba a eludir la visión de los éclopés avanzando por las calles y la de los heridos tendidos en los hospitales, Châlons podía constituir incluso un espectáculo vigorizante. Cuando llegamos al hotel, nos parece que incluso los vehículos grises y los sobrios uniformes brillan bajo el frío cielo. El continuo ir y venir de los dispuestos y atareados mensajeros, los oficiales a caballo (ya que algunos de ellos van todavía a caballo), la llegada en sus lujosos vehículos de ciertas personalidades militares muy condecoradas, las carreras de un lado a otro de los ordenanzas, la constante disminución e inmediata renovación en la plaza de la larga hilera de furgonetas grises, los movimientos de las ambulancias de la Cruz Roja, el paso de los destacamentos en dirección al frente... Un pacífico extranjero podría quedarse boquiabierto durante una eternidad contemplando semejante panorama. Y, por otro lado, en el hotel, todo ese rumor de espadas, ese amontonamiento de abrigos de piel y de mochilas, esa cantidad de rostros bronceados y llenos de energía en torno a las atestadas mesas del restaurante del hotel... No resulta fácil para la población civil llegar a Châlons y, por tanto, casi todas las mesas están ocupadas tanto por oficiales como por soldados dado que, una vez fuera de servicio, no parece haber distinción de rango entre unos y otros en este alegre y democrático ejército: cualquier soldado raso que haya decidido darse el lujo de probar la excelente comida del Haute Mère-Dieu, tendrá tanto derecho a hacerlo como su propio coronel.

La escena del restaurante resulta realmente interesante. El mero intento de descifrar el rompecabezas que componen los distintos uniformes se me antoja absorbente. La experiencia de haber pasado una semana cerca del frente me ha llevado a la conclusión de que en el ejército francés no hay dos uniformes iguales, hablemos del color o del corte. En los últimos dos años, la cuestión del color ha preocupado enormemente a las autoridades militares francesas, que han estado buscando un azul invisible. La importancia de sus experimentos se aprecia en la extraordinaria gama de tonos de azul obtenidos, que van desde una especie de azul huevo de petirrojo un tanto grisáceo hasta el azul marino más oscuro, que es el que lleva el ejército. La conclusión a la que se ha llegado es la de que, en realidad, ningún azul puede pasar desapercibido, y la de que algunos de los nuevos y subidos tonos pizarra resultan incluso más llamativos que los colores a los que han venido a reemplazar, por muy intensos que estos sean. No obstante, a esta escala de azules experimentales debemos añadir más colores: el rojo amapola de la guerrera del espahí, y otros menos conocidos —el gris, y un caqui francamente verdoso— que se utilizan porque las telas han empezado a escasear y, por tanto, ahora se echa mano de cualquier material disponible. En cuanto a las diferencias en el corte de los uniformes, éstos van desde el de la clásica guerrera ceñida hasta el de la chaqueta con cinturón mucho más holgada y copiada de la de los ingleses. Por otro lado, los emblemas de los distintos rangos y cuerpos del ejército, bordados en tan diferentes vestiduras, aportan un nuevo elemento que añadir a la ya considerable perplejidad. Las alas del aviador, las ruedas del conductor y otros nuevos símbolos resultan fácilmente reconocibles. Pero debemos tener en cuenta, además, la existencia de otros muchos cuerpos, de médicos y camilleros, de zapadores y minadores, y Dios sabe de cuántas otras ramificaciones en esta gran hueste de la que, en realidad, forma parte toda la nación.

No obstante, el principal interés de la escena reside en que muestra casi tanta diversidad de actitudes como de uniformes, y en que casi todas esas actitudes resultan igualmente apropiadas. Es ahora cuando podemos empezar a entender (si es que no hemos logrado hacerlo antes) por qué los franceses afirman para referirse a sí mismos que la France est une nation guerrière. La guerra constituye la mayor de las paradojas: se trata del más irracional y desalentador de los retrocesos del espíritu humano y, sin embargo, supone a la vez un acicate para la exaltación de las cualidades del alma que, generación tras generación, parece no encontrar ningún otro medio para renovarse. Todo depende, por tanto, de qué clase de impulso despierte la guerra en un pueblo. Si nos paramos a analizar los rostros con que nos cruzamos en Châlons, comprenderemos de inmediato lo que quiere decir aquello de que los franceses son une nation guerrière. No exageramos al afirmar que la guerra ha otorgado cierta belleza a unos rostros que previamente podían resultar interesantes, graciosos, serios, maliciosos, o poseer cualquier otro rasgo dotado de vitalidad y de expresividad, pero, en ningún caso, de belleza. Casi todos los rostros reunidos en torno a estas mesas atiborradas de gente —jóvenes o maduros, poco agraciados o bien parecidos, capaces de destacar o mediocres— transmiten una misma sensación de tranquila autoridad: es como si todo el nerviosismo, toda la inquietud, todas las pequeñas rarezas individuales, la mezquindad y la vulgaridad, se hubieran disipado en una enorme nube de entrega personal. Se trata de un maravilloso ejemplo de la rapidez con que la determinación es capaz de modelar el rostro humano. Probablemente, casi todos estos hombres desempeñaban trabajos aburridos o inútiles, o vivían entregados a proyectos sin importancia, hasta que de repente llegó el pasado agosto. Ahora todos ellos, por insignificante que sea su cometido, participan en la consumación de una gran tarea. Y lo saben. Y ese saber ha logrado que se transformen.

Nuestro camino al salir de Châlons continúa hacia el noreste, en dirección a las colinas de Argonne.

Dejamos atrás más aldeas abandonadas, y vemos cómo los soldados holgazanean en las mismas puertas donde debían estar sentadas las mujeres más ancianas con sus ruecas; cómo otros soldados dan de beber a los caballos en la fuente del pueblo, o cómo preparan la comida sobre hogueras improvisadas en los corrales de las casas. En las zonas boscosas que se extienden a lo largo de la carretera nos cruzamos con más soldados que se dedican a talar pinos no muy altos, a cortar los troncos en leños más o menos iguales, y a transportarlos en carretillas, con las verdes ramas amontonadas en la parte superior. Pronto adivinamos el uso que se le daba a aquello: en cada cruce de carreteras, o en los puentes de ferrocarril, es fácil toparse con un abrigado puesto de guardia construido de adobe, paja y ramas de pino trenzadas, que se ha instalado allí aprovechando la sinuosidad de algún terraplén o la protección de algún recoveco, como si se tratara del nido de una golondrina. Un poco más adelante, empezamos a cruzarnos cada vez con más frecuencia con grandes asentamientos de «setenta y cincos». Alineados frente a frente a cierta distancia de la carretera, recortados, por lo general, sobre un manto boscoso, y siempre bajo la atenta vigilancia de un inmenso rebaño de furgones, semejaban gacelas gigantes alimentándose entre elefantes. Y los cercanos cobertizos construidos con ramas de pino entrelazadas podrían haber sido las enormes cabañas donde se refugiaban sus pastores.

La zona que se extiende entre el Marne y el Mosa es una de las regiones que en mayor grado tuvo que soportar, a lo largo de aquellos terribles días de septiembre, el azote de la ira alemana. A medio camino entre Châlons y Sainte-Ménehould encontramos los primeros vestigios de la invasión: las ruinas del pueblo de Auve. Estas encantadoras aldeas del Aisne, con su única calle central, sus casas con entramados de madera y sus graneros de techos altos con hastiales cubiertos de espalderas, obedecen en gran medida a un mismo patrón y no resulta difícil imaginar el cuadro que debía de componer Auve, en la apagada atmósfera de septiembre, al imponerse sobre la perspectiva de las peras ya maduras de sus jardines y abrirse hacia las tierras cultivadas del valle y hacia la profundidad del paisaje que se prolongaba a lo lejos. Ahora ha quedado reducida a escombros y cenizas, y resulta imposible diferenciar un umbral de otro. Vimos muchas otras aldeas en ruinas después de Auve, pero ésta fue la primera, y tal vez se deba a esa razón el que fuera precisamente allí donde tuvimos la pavorosa impresión de estar contemplando las muy diversas formas que el terror, la angustia, el desarraigo y la ruptura pueden asumir tras la destrucción de la más recóndita de las comunidades humanas. Las fotografías en las paredes, las marchitas ramitas de boj por encima de los crucifijos, los viejos vestidos de novia en sus baúles con cerramientos de latón, los paquetes de cartas tan laboriosamente escritas como dolorosamente descifradas, aquellos mil y un pedazos del pasado que le otorgan sentido y continuidad al presente... De todo aquel cariño acumulado no queda nada. Sólo un montón de ladrillos y el tubo retorcido de alguna estufa.

A medida que avanzábamos hacia Sainte-Ménehould, los nombres que íbamos viendo en el mapa nos indicaban que, justo al otro lado de la sierra que corría paralela a la carretera, a unos diez o doce kilómetros hacia el norte, se alzaba el lugar en que se habían encontrado los dos ejércitos. Aún no se oía el sonido de los cañones, y sólo hallamos la primera prueba de la proximidad del combate al doblar una de las curvas de la carretera, cuando dimos con una larga hilera de figuras cubiertas de gris que marchaban pesadamente hacia nosotros entre las bayonetas de sus captores. Esta «pieza» recién capturada en las colinas estaba compuesta por un grupo de hombres muy robustos. Sus integrantes parecían tener la edad idónea para la batalla, y por su aspecto se diría que no habían sufrido demasiada escasez y que la guerra no les había castigado tanto como cabría esperar. Sus rostros, anchos y sonrosados, se mostraban inexpresivos, reservados; en ningún caso desafiantes ni desdichados. No parecían estar muy preocupados por lo que les pudiera deparar el destino.

El salvoconducto que nos habían entregado en las oficinas centrales del cuartel general nos permitió llegar hasta Sainte-Ménehould, en la frontera de Argonne. Pero, una vez allí, tendríamos que solicitar una ampliación de dicho permiso en el cuartel general de la división. El Estado Mayor se había establecido en una casa considerablemente incómoda para la ocupación alemana. Habían improvisado una serie de despachos con unos paneles de madera, y allí, sentados en un sofá de damasco muy raído sobre el que colgaban unos carteles de obras de teatro, en medio de un pasillo vacío y con una cama cubierta con una colcha de color ciruela situada justo delante de nosotros, escuchamos durante un buen rato el bullicio de los teléfonos, el golpeteo de las máquinas de escribir, el continuo zumbido del dictado y el apresurado ir y venir de los mensajeros y ordenanzas. Se nos entregó la ampliación de la autorización de inmediato, y se nos solicitó de manera muy cortés que continuáramos nuestro viaje hacia Verdún tan rápido como nos fuera posible, ya que esa tarde no querían tener vehículos civiles circulando por la carretera. Semejante petición, unida a la incesante actividad que pudimos percibir en el interior del cuartel general, nos puso sobre aviso de que debían de estar pasando muchas cosas al otro lado de la pequeña cadena montañosa que se alzaba más al norte. Pronto íbamos a averiguar de qué se trataba.

Salimos de Sainte-Ménehould a eso de las once de la mañana, y antes de las doce ya estábamos llegando a las puertas de una aldea bastante extensa situada en una loma, desde la que pudimos contemplar las grandes extensiones de tierra que se desplegaban a derecha e izquierda. Las primeras casas no nos llamaron especialmente la atención, ya que no mostraban ninguna característica inusual, pero en cuanto llegamos a la calle principal, tras una curva que descendía en picado, tuvimos ante nosotros un larguísimo tramo cubierto de ruinas: los restos calcinados de Clermont-en-Argonne, destruido por los alemanes el 4 de septiembre. El pueblo —ya que se trataba de una población lo suficientemente amplia como para que no se la considerase meramente una aldea— disfruta de un emplazamiento tan independiente y majestuoso que su pobre estado actual resulta aún más lamentable. Puede verse desde tan lejos, y a través de las destrozadas tracerías de su iglesia en ruinas pueden contemplarse tan amplios y hermosos paisajes… No cabe duda de que su propia belleza intensificó la satisfacción de aquellos que se encargaron de reducirla a cenizas.

En el punto más lejano de lo que una vez fuera la calle principal, había sobrevivido otro pequeño puñado de casas. Entre ellas destacaba el asilo de ancianos. Cuando las autoridades de Clermont salieron huyendo, allí se quedó la hermana Gabrielle Rosnet para defender a aquellos que se hallaban a su cargo, y allí, desde entonces, ha estado cuidando de los heridos que llegan sin cesar desde el frente oriental. Encontramos a Sœur Rosnet con sus hermanas preparando la comida del mediodía para sus pacientes en la pequeña cocina del hospicio; una cocina que hace las veces de comedor y de despacho privado. Insistió en que teníamos que sacar tiempo de donde fuera para compartir con ellos el filet y las patatas fritas que estaban a punto de retirar de la lumbre, y, mientras comíamos, nos fue contando su particular historia de la invasión; de cómo derribaron las puertas del hospicio à coups de crosse y de cómo los oficiales de gris irrumpieron en su interior con sus revólveres para encontrársela a ella allí, haciéndoles frente, en el gran vestíbulo abovedado, «con la única compañía de mis ancianos y de mis hermanas». Sœur Gabrielle Rosnet es una mujer pequeña y oronda, muy activa, con un rostro rojizo y despierto similar a los que parecen observarnos con calma desde el oscuro fondo de algunos cuadros flamencos. Sus ojos azules se muestran llenos de calidez y de buen humor, y su relato está salpicado de risas e indignación a partes iguales. No escatima en epítetos a la hora de referirse a ces satanés allemands —estas hermanas y enfermeras del frente han visto cosas capaces de secar hasta la última gota de compasión que pudiera quedarles—, pero, por encima de todo el horror de aquellos atroces días de septiembre, con Clermont en llamas y viendo, a su alrededor, los rostros desvalidos de aquellos que no habían logrado huir y que temían la constante amenaza de una nueva masacre, ella ha logrado conservar la habilidad de saber reconocer los pequeños e inevitables absurdos de la vida, como cuando no supo cómo dirigirse al oficial al mando:

—Era tan alto que no podía ver sus galones —y añadió, con una especie de admiración renuente en los ojos—: Et ils étaient tous comme ça.

Mientras otra hermana quitaba la mesa y empezaba a servirnos el café, entró una mujer para decirnos, con toda la naturalidad del mundo, que en el valle habían comenzado los enfrentamientos. Y añadió con calma, mientras metía nuestros platos en una cuba, que acababa de caer un obús a tan sólo dos o tres kilómetros de distancia, y que, si queríamos, podíamos ver el desarrollo de las ofensivas desde un jardín que quedaba enfrente del hospicio. No tardamos mucho en llegar a ese jardín. Seguimos los pasos de Sœur Gabrielle, que nos mostró el camino dando tumbos por las escaleras de una casa situada al otro lado de la calle, y pronto salimos a una terraza cubierta de hierba y llena de soldados.

Los cañones tronaban sin descanso y parecían estar tan cerca que resultaba desconcertante divisar desde allí tan sólo zonas vacías en una colina que no se diferenciaba en nada de las demás. Por suerte, alguien tenía unos gemelos y con ellos, de repente, pudimos ver muy de cerca un pequeño fragmento de la batalla de Vauquois: la carga de la infantería francesa que ascendía por la ladera; la ligereza con que, más abajo, se dispersaba el humo procedente de las armas francesas; y, en lo más alto, en la boscosa cima recortada sobre el cielo, los rojos relámpagos y las blancas bocanadas de humo de la artillería alemana. «Rap, rap, rap», respondían las armas, mientras las tropas seguían avanzando hasta desaparecer en el interior de un bosque lamido por lenguas de fuego. Y allí seguíamos nosotros, atónitos por el hecho de haber tropezado de modo casual con este episodio de la gran contienda subterránea.

A pesar de que Sœur Rosnet había visto ya demasiadas escenas similares como para llegar a conmoverse, lo cierto es que se vio embargada por una viva curiosidad, y se situó a nuestro lado, bien plantada en el barro, con los gemelos pegados a los ojos o riéndose mientras se los pasaba a los soldados. No obstante, cuando nos giramos para irnos, nos dijo:

—Debemos estar preparadas. Se nos ha comunicado que esta noche llegarán otros cuatrocientos.

Y el brillo de sus bondadosos ojos languideció.

Sus cálculos se verían dramáticamente superados; como averiguaríamos quince días más tarde gracias a un communiqué de tres columnas, la escena a la que asistimos constituyó nada menos que el primer acto del exitoso asalto al elevado pueblo de Vauquois, un asentamiento de primera importancia para los alemanes, ya que enmascaraba sus operaciones al norte de Varennes y, además, disponía de una vía férrea que se había estado utilizando desde septiembre para avituallar y enviar refuerzos a los ejércitos de Argonne. Habían tomado Vauquois a finales de septiembre, y el lugar se había convertido en algo parecido a una fortaleza inexpugnable debido a su sólido emplazamiento en un escarpado promontorio. Pero el ataque que avistamos desde el jardín de Clermont, el domingo 28 de febrero, condujo a las victoriosas tropas francesas hacia la cima, donde lograrían hacerse con el control de una parte de la aldea. Esa misma noche los franceses fueron expulsados de la zona, pero la recuperarían tras cinco días de heroicos combates de excepcional violencia, y ahora están allí, bien asentados en una posición descrita como «de vital importancia para el desarrollo de las operaciones».

—Pero ¿a qué precio? —nos preguntaba la hermana Gabrielle cuando volvimos a vernos unos días más tarde.

II

Había llegado el momento de recordar nuestra promesa: debíamos abandonar Clermont lo antes posible. Pero, a pocos kilómetros de distancia, nos llamó poderosamente la atención el que sobre una de las casas de otra aldea apareciera el símbolo de la Cruz Roja. La casa no era más que una especie de cabaña, y el lugar —llamado Blercourt— un simple villorrio de pequeñas casas y establos dispersos. Un punto que pasaba tan desapercibido que resultaba factible el que fuera precisamente allí donde más necesarios resultaran los suministros.

Un camillero fue a buscar al médecin-chef, y avanzamos tras él por los embarrados caminos recorriendo, una tras otra, las casas en las que, con admirable ingenio y prácticamente partiendo de cero, había logrado organizar un hospital de segunda línea que contaba con lo más indispensable: aparatos de esterilización y desinfección, una sala de curas, una farmacia, una leñera bien equipada, y una cocina limpia con un fuego vivo en la que poder preparar tisanes. Un destacamento de caballería se había acuartelado en la aldea, convertida ahora en una gran ciénaga debido al constante pisoteo de los cascos de los caballos, y, mientras seguíamos sus pasos con mucho cuidado de casa en casa, el médico nos contó que debía salvaguardar los expedientes a su cargo en las mismas y escasas casuchas en que se hacinaban sus pacientes. Aquélla era una queja que íbamos a escuchar en otras muchas ocasiones a lo largo de esta línea del frente, ya que las tropas y los heridos se amontonan a miles en pueblos que, como mucho, pueden dar cobijo a cuatrocientas o quinientas personas. La destreza y la dedicación con que el médico se enfrentó a las dificultades y logró acomodar a sus pacientes nos parecieron dignas de admiración.

Cuando regresamos a la carretera, el doctor nos preguntó si nos gustaría ver la iglesia. Eran casi las tres, y el cura estaba tocando la campana de vísperas en el pórtico inferior. Empujamos las puertas interiores, y entramos. La iglesia no tenía división alguna, y en la nave había cuatro filas de camastros de madera cubiertos con mantas marrones. En casi todos ellos yacía un soldado: eran los «casos más graves». Muy pocos estaban heridos; casi todos tenían fiebre, sufrían congelación o estaban aquejados de bronquitis, pleuresía o alguna otra enfermedad de las trincheras, en un estado demasiado grave como para permitir su traslado a algún otro emplazamiento más alejado del frente. Cuando entramos, una o dos cabezas se agitaron sobre sus almohadas, pero lo cierto es que casi ningún hombre se movió.

El cura, mientras tanto, tras salir de la sacristía, se situó ante el altar con sus vestiduras, seguido de un pequeño monaguillo muy pálido. Un grupo de mujeres, probablemente la única población «civil» que quedaba en la aldea, y algunos soldados que ya habíamos visto antes, habían entrado en la iglesia y ahora estaban de pie, juntos, entre las filas de camastros. Comenzó el servicio. Era una tarde sin sol, y toda la escena se desarrolló bajo las monásticas tonalidades del blanco, el negro y el gris ceniza: los enfermos cubiertos con sus mantas de color tierra, sus lívidos rostros sobre las almohadas, los negros vestidos de las mujeres (todas ellas parecían estar de luto) y la bruma plateada que brotaba del incensario del pequeño monaguillo. La única luz que alumbraba el cuadro —la de la vela que brillaba en el altar, y que emitía sus reflejos sobre los bordados de la casulla del cura— era como un tenue haz de luz que procediera del sol poniente de un atardecer de invierno.

Las prolongadas cadencias del latín sonaron por un instante en el interior de la iglesia, pero el cura comenzó en seguida el Cántico del Sagrado Corazón en francés, compuesto durante la guerra de 1870, y la pequeña congregación unió sus temblorosas voces en el estribillo:

Sauvez, Sauvez la France,

Ne l'abandonnez pas!

La reiterada súplica se elevó en un sollozo por encima de los cuerpos dispuestos en filas en la nave: Sauvez, sauvez la France, gemían las mujeres cerca del altar. Los soldados repetían las mismas palabras desde la puerta con voces más fuertes, pero los cuerpos tendidos en los camastros no se movían y, según iba declinando el día, la iglesia parecía ir adquiriendo el cariz de un sosegado cementerio situado en medio del campo de batalla.

Cuando salimos de Sainte-Ménehould, tuvimos la vívida impresión de que la guerra se hallaba aún más próxima, apoderándose de todo. Cada uno de los caminos que se abrían hacia la izquierda era como un dedo que se extendiera hacia una herida abierta: Varennes, Le Four de Paris, le Bois de la Grurie no quedaban a más de catorce o quince kilómetros al norte. A lo largo de nuestra propia carretera, el flujo de furgonetas y de vagones cargados de municiones era cada vez mayor y más frecuente. En una ocasión vimos cómo una larga serie de «setenta y cincos» subían en fila india la ladera de una colina, y más adelante divisamos un gran destacamento de artillería que cruzaba al galope un tramo de campo abierto. El traslado de suministros era constante, y todos los pueblos que dejábamos atrás formaban un hormiguero de atareados soldados que cargaban o descargaban el contenido de grandes furgonetas, o que se agrupaban en torno a los vehículos de vituallas, mientras se repartían los pedazos de jamón y los cuartos de carne de vacuno. A medida que nos acercábamos a Verdún, el cañoneo se hacía más y más intenso, y cuando llegamos a las murallas de la ciudad y pasamos bajo los dientes de hierro del rastrillo, sentimos que habíamos entrado en uno de los últimos puestos de avanzada de una poderosa línea de defensa. La desolación de Verdún resulta tan impresionante como la febril actividad de Châlons. La población civil fue evacuada en septiembre, y sólo una pequeña parte ha regresado. El noventa por ciento de las tiendas permanecen cerradas, y dado que casi todas las tropas están en las trincheras no hay prácticamente ningún movimiento en las calles.

El primer deber del viajero que ha logrado superar con éxito el alto de la guardia a la entrada es el de subir la empinada colina hacia la ciudadela situada en la parte más alta de la ciudad. Aquí las autoridades militares inspeccionan nuestros documentos, y nos entregan un permis de séjour que la policía ha de comprobar antes de que podamos alojarnos en cualquier tipo de establecimiento. Comprobamos que el hotel principal está mucho menos concurrido que el Haute Mère-Dieu de Châlons, a pesar de que muchos de los oficiales de la guarnición deambulan por aquí. En general, la atmósfera es muy diferente: silenciosa, concentrada, pasiva. Para un observador ocasional, podría parecer que en Verdún la vida se desarrolla exclusivamente en sus hospitales; y sólo en el interior de las murallas ya hay catorce. Al anochecer, las calles se quedaron completamente vacías, y fue entonces cuando el cañoneo pareció hacerse más cercano y más constante. El silencio de aquella primera noche era tan intenso, que cada reverberación procedente de las oscuras colinas que quedaban más allá de las murallas hacía que sólo pudiéramos pensar en su inmenso poder destructivo. No obstante, poco más tarde, justo en el momento en que la idea de seguir dándole vueltas a semejante imagen resultaba insoportable, el estruendo cesó, y al instante pude oír el arrullo de una paloma posada en uno de los patios situados bajo mi ventana. Los dos sonidos fueron alternándose durante toda la noche, produciendo un efecto verdaderamente extraño.

Al franquear las puertas, lo primero que nos llamó la atención fue un asentamiento de bungalows toscamente construidos, que se hallaban diseminados por las enfangadas laderas de un pequeño parque contiguo a la estación de ferrocarril, coronado por un letrero en el que se podía leer: «Hospital de Evacuación N.º 6». A la mañana siguiente fuimos a visitarlo.

Algunos edificios de la estación habían sido acondicionados para hacer las veces de hospital, y entre ellos se desplegaba un gran pasillo que inicialmente carecía de techo pero que, por órdenes del cirujano jefe, había sido cubierto con una lona y dividido en dos hileras de tiendas de campaña. Cada tienda albergaba dos camastros de madera, escrupulosamente limpios y elevados muy por encima del suelo; además, la inmensa estructura se mantenía caliente gracias a una sucesión de estufas situadas a lo largo del pasillo central. En los bungalows que quedaban al otro lado de la carretera estaban las camas para los pacientes que aún permanecerían un tiempo allí, antes de ser trasladados a los hospitales de la ciudad. En uno de aquellos bungalows se había organizado un quirófano; en otro estaban los baños para los recién llegados de las trincheras. Tanto el cirujano jefe como la infirmière major, que le apoyaba infatigable, habían pensado con detenimiento en lo que se podía hacer para aliviar el dolor de los heridos, y lo habían llevado a la práctica contando con todo lo que tuvieran a su alcance. El Hospital de Evacuación N.º 6 se estableció apenas en una hora aquel terrible día de agosto en que cuatro mil heridos yacían en sus camillas entre la estación de ferrocarril y la puerta del pequeño parque, al otro lado de la calle; y, desde entonces, ha ido creciendo hasta convertirse en ejemplo de lo que un hospital semejante puede llegar a ser de estar dirigido por personas hábiles y entregadas.

Verdún cuenta con otros hospitales excelentes para atender a los heridos graves que no pueden ser trasladados a zonas más alejadas del frente. Entre ellos, San Nicolás, en un edificio espacioso y aireado en el Mosa, constituye un magnífico exponente de lo que puede llegar a ser un gran hospital militar francés; pero hemos visitado otros, ya que el objetivo principal de este viaje era el de llegar a algunos de los hospitales de segunda línea situados en las afueras de la ciudad. El primero al que llegamos estaba en una pequeña aldea al norte de Verdún, no muy lejos de las líneas enemigas de Cosenvoye, y era bastante representativo de todos los demás. La sombría y embarrada aldea había sido tomada por las tropas, que habían instalado el hospital de manera un tanto caprichosa al emplear para ello todas aquellas casas de las que podían prescindir las autoridades militares. El equipo parecía rudimentario, pero estaba limpio, y hasta el dentista pudo instalarse con sus utensilios en una de las habitaciones. Los hombres yacían en colchones o en camastros de madera, y las habitaciones estaban caldeadas gracias a las estufas. Lo más necesario, aquí como en todas partes, eran las mantas y la ropa interior limpia, ya que los heridos llegaban del frente recubiertos de una costra de barro congelado, y por lo general llevaban semanas sin lavarse o cambiarse de ropa. No hay mujeres enfermeras en estos hospitales de segunda línea, pero todos los médicos del ejército con que nos cruzamos parecen verdaderamente inteligentes y deseosos de dar lo mejor de sí mismos para ayudar a sus hombres, en unas condiciones de inusitada escasez. El principal obstáculo al que se enfrentan es el terrible hacinamiento que se produce en las aldeas. Miles de soldados acampan en todas ellas en unas condiciones higiénicas que serían perjudiciales hasta para un hombre sano; y también resulta indispensable la llegada de alimentos más ligeros, dado que el cuerpo destinado al abastecimiento de los hospitales parece no suministrar comida para enfermos, y hombres que arden de fiebre se ven obligados a comer carne y verduras.

Por la tarde seguimos nuestro camino en medio de una tormenta de nieve, y atravesamos un paisaje ondulante y desolado que se extendía hacia el sur de Verdún. El viento soplaba furioso por las laderas cubiertas de blanco. No se divisaba a nadie alrededor, con la única excepción de los centinelas que marchaban arriba y abajo por las líneas de ferrocarril, y algún esporádico soldado de caballería, de patrulla por la solitaria carretera. No hay nada que pueda compararse a la profunda tristeza de esta tierra despoblada: podríamos haber estado vagando perfectamente por las agrestes tierras de Polonia. Recorrimos las aguas gris acero del Mosa durante unos treinta kilómetros río abajo, hasta llegar a una aldea situada aproximadamente a siete kilómetros al oeste de Les Eparges, el término donde, desde hacía semanas, se estaba desarrollando una lucha desesperada. Debía de haber una tregua ese día, ya que había cesado el sonido de los cañones, pero lo que vimos en el mismo lugar en que dejamos el coche nos hizo pensar que estábamos verdaderamente cerca del conflicto. El pueblo se asentaba desordenadamente a lo largo de la orilla del río, y el pisoteo de los cascos de los caballos, unido al constante arrastre de las armas, había hecho que la tierra circundante se convirtiera en una especie de marisma. Delante de la rudimentaria casa en que se había instalado la consulta del médico estaban los vehículos del cirujano y del inspector médico que nos habían acompañado. Pudimos ver muy de cerca el tradicional enjambre de furgonetas grises, y, por todos lados, las idas y venidas de la caballería, los oficiales subiéndose a sus caballos, la descarga de los suministros, y la incesante actividad de sargentos y hombres salpicados de barro.

La parte principal del hospital se encontraba en una granja, cuyas dos plantas habían sido divididas en salas. Los hombres yacían en hileras bajo las vigas del techo, llenas de telarañas, sobre unos camastros limpios, y las habitaciones se mantenían secas y abrigadas gracias al funcionamiento de las grandes estufas. Pero el punto a favor de este hospital consistía en su proximidad a una barcaza equipada con duchas calientes. El barco estaba inmaculadamente limpio, y cada cabina era independiente de las demás gracias a una cortina de chintz con alegres motivos florales de color rojo. Seguramente, esas cortinas eran casi tan importantes para la morale de los hombres como la mismísima agua caliente, ya que constituían para ellos la imagen más reconfortante del día.

Más al norte, y en la otra orilla del Mosa, se encuentra otra extensa población que se ha ido transformando poco a poco en una colonia de éclopés. Se alojan allí cerca de mil quinientos hombres enfermos o agotados, que no tienen duchas de agua caliente ni cortinas de chintz que puedan subirles el ánimo. En primer lugar nos llevaron a la iglesia, un edificio enorme sin ninguna característica especial situado al principio de la calle. Nos dificultó el acceso al interior una montaña de paja húmeda que un grupo de soldados palafreneros acumulaba en la puerta de entrada a base de extraerla con una horca de las naves laterales. La iglesia estaba poco iluminada y el ambiente era asfixiante. Entre los pilares colgaban mamparas de paja trenzada que formaban pequeños recintos, en cada uno de los cuales yacían unos doce enfermos sobre más montones de paja. No había colchones ni mantas. No había camas ni mesas ni sillas ni lugares apropiados para lavarse. Con las ropas empapadas de barro, tal y como llegaban del frente, los hombres eran acomodados en el suelo de piedra, como ganado, hasta que volvían a encontrarse lo suficientemente bien como para regresar al trabajo. Aquel lugar ofrecía un aspecto lamentable en comparación con la pequeña iglesia de Blercourt, con sus titilantes luces que brillaban desde el altar para iluminar una fila de camas limpias. Y nos preguntamos si, a pesar de estar tan cerca del frente, aquello era correcto. «Llamamos a este sitio la aldea africana», nos dijo uno de nuestros acompañantes con una sonrisa. Pero las aldeas africanas gozan de cielos azules, y límpidos arroyos corren entre sus chozas de adobe.

Nos habían dicho en Sainte-Ménehould que, por razones militares, debíamos tomar un camino situado más al sur cuando emprendiéramos nuestro regreso a Châlons, por lo que, al salir de Verdún, optamos por la carretera a Bar-le-Duc. Ésta se dirige hacia el suroeste atravesando un precioso paisaje cambiante que no ha sufrido los estragos de la guerra, con la única excepción de sus aldeas que, como todas las demás en esta región, o bien se han quedado vacías o bien han sido ocupadas por las tropas. A medida que nos alejábamos de Verdún, el sonido de los cañones se iba debilitando cada vez más hasta desaparecer, con lo que tuvimos la sensación de que dejábamos atrás la línea de fuego para adentrarnos en un mundo más normal. Pero, de repente, en un cruce, un poste indicador nos llevaba de nuevo al corazón de la guerra: St. Mihiel, 18 Kilomètres. Saint Mihiel era el lugar de peligro; el punto débil de la zona. Y allí estaba, al final de aquella carretera secundaria de aspecto inofensivo, a no mucho más de quince kilómetros de distancia. Un trayecto de unos diez minutos nos habría metido de lleno en la base de las chaquetas grises y de los cascos acabados en punta. La sombra de aquel poste nos persiguió kilómetros y kilómetros, oscureciendo el paisaje que crecía a nuestro alrededor como lo haría la sombra de una vertiginosa nube de tormenta.

Bar-le-Duc parecía ignorar la presencia de esa nube. El encantador casco antiguo de la población se dejaba llevar por la habitual apatía propia de las ciudades de provincia: había pocos soldados, y aquí, por fin, volvía a predominar la vida civil. Después de haber pasado unos días a las puertas mismas de la guerra, en esa región intermedia que más bien parecía sumida en una especie de oscuro hechizo, aquel nuevo escenario que mostraba la vida normal de una atareada e inconsciente comunidad nos causó una impresión extrañamente desalentadora. De manera instintiva, buscábamos en la mirada de los transeúntes algún reflejo de ese otro escenario, y nos sentíamos en cierto modo empequeñecidos al entrar en contacto con esas otras personas que, con tanta indiferencia, se dedicaban a pensar tan sólo en sus cosas.

Un poco más allá de Bar-Le-Duc se abría una nueva fase en nuestra labor de observación de la guerra, puesto que la ruta que habíamos escogido seguía exactamente la misma trayectoria que la invasión de agosto. De hecho, la carretera entre Bar-le-Duc y Vitry-le-François discurre entre una sucesión de pueblos en ruinas. El primero con el que nos topamos es Laimont, una población de cierto tamaño que fue arrasada por el avance de las tropas como si un ciclón la hubiera decapitado; luego viene Revigny, un pueblo de más de dos mil habitantes que quedó menos devastado debido a que sus casas eran más sólidas, pero que ofrece un espectáculo de desolación aún más trágica, con sus amplias calles serpenteando entre abrasados y retorcidos fragmentos de antiguas construcciones, entre fachadas de tiendas hechas pedazos, magníficas entradas, la columnata del patio de un edificio público... A unos kilómetros de distancia se encuentra la población más conmovedora de todo el grupo: el pueblo de Heiltz-le-Maurupt, que en tiempos se alzó entre jardines y huertos de árboles frutales y ahora es, en cambio, un feo yermo como los demás, con una pequeña iglesia tan desvalijada, vulnerada y deshonrada que yace allí, cerca de la carretera, como si se tratara de una víctima humana.

En esta parte del país, que cuenta con muchos cruces de caminos, comenzamos a tener ciertas dificultades a la hora de encontrar la vía que debemos seguir, ya que han borrado los nombres y los números de los mojones, han derribado los postes indicadores, y han quitado las plaques esmaltadas de las casas situadas a la entrada de las aldeas. Según se dice, fueron los propios habitantes de la región quienes decidieron tomar estas precauciones ante la proximidad del ejército invasor; pero también se rumorea que fueron los alemanes quienes derribaron las señales y cubrieron con yeso los mojones y luego escribieron sobre ellos datos erróneos con el fin no se sabe si de engañar o de alentar a quien los leyera. El resultado es extremadamente desconcertante, ya que, dado que todos los pueblos se hallan o bien en ruinas o bien deshabitados, no hay nadie a quien preguntar, con la única salvedad de los soldados que se cruzan en nuestro camino, y cuya respuesta es casi siempre la misma: «No sabemos. No somos de aquí». Se tiene mucha suerte si se da la casualidad de que alguno de los centinelas sabe cuál es el nombre del pueblo que está custodiando.

Nos producía una sensación increíblemente extraña el hecho de encontrarnos sin mapas en un páramo, sabiendo que estábamos a cien o ciento veinte kilómetros de París, y tener que vagar durante horas por una tierra desolada, cubierta de altos brezos y con el amplio y azul horizonte extendiéndose hacia el norte y hacia el sur, sin lograr encontrar una sola marca que nos ayudara a descifrar nuestro paradero. Una de las muchas vueltas que dimos al azar nos llevó por fin hasta una embarrada carretera secundaria surcada por prolongadas columnas de «setenta y cincos», que se alineaban a lo largo de sus márgenes como osos hormigueros de color gris que formaran parte de alguna monstruosa casa de fieras. Un poco más adelante llegamos a un enfangado pueblo tomado por la artillería y la caballería, y descubrimos que, sin saberlo, formábamos parte de un campamento que acababa de ponerse en marcha. Se suponía que nosotros no debíamos estar allí, y nuestra llegada causó tal sorpresa que ninguno de los centinelas pareció recordar que debía darnos el alto. Un par de saludos excesivamente obsequiosos a unos sous-officiers hicieron que en un santiamén se abriera una vía para que pudiera pasar nuestro vehículo. Así que, gracias a una feliz casualidad, pudimos captar una nueva imagen de la guerra, llena de vehemente actividad, conforme nos alejábamos de la zona de combate.

En cualquier caso, aún no habíamos salido de ella mientras regresábamos a Châlons. Si en nuestra anterior visita la ciudad ya nos había parecido populosa, ahora se nos presentaba vibrante y bullendo a un ritmo enloquecido con la llegada de nuevas multitudes. El revuelo en torno a la fuente, en la plaza que se alzaba ante el Haute Mère-Dieu, resultaba más exagerado que nunca. Todo el mundo tenía prisa, todos pateaban el suelo y se salpicaban de barro al hacerlo, todos espoleaban a su caballo o manejaban las espadas o llevaban mensajes de un lado a otro o hallaban cualquier otra manera de colocarse la etiqueta que los identificara como miembros de la gran colmena militar. Dado que en la zona de guerra a los civiles se nos negaba el privilegio de llamar por teléfono e incluso de mandar un telegrama, resultaba bastante poco oportuno encontrarse al anochecer en semejante lugar repleto de gente, y no nos sorprendió en absoluto que nos informaran de que no quedaba ni una sola habitación disponible en el Haute Mère-Dieu, y de que incluso habían alquilado los sofás de la sala de lectura para pasar la noche. En todos los demás hoteles de la ciudad nos encontramos con la misma respuesta, así que finalmente decidimos pedir permiso para marcharnos a Epernay, a unos veinte kilómetros de distancia. En el cuartel general se nos informó de que nuestra petición no podía ser atendida. Los vehículos no estaban autorizados a circular tras la caída la noche por la zona de guerra, y el oficial encargado de la distribución de permisos para los automóviles nos indicó que, aunque hicieran una excepción con nosotros, lo más probable era que el primer centinela que nos encontráramos por el camino nos obligara a dar la vuelta, en cuyo caso no podríamos volver a entrar en Châlons… ¡a no ser que se nos concediera un nuevo permiso! Semejante perspectiva nos pareció tan alarmante que empezamos a considerarnos relativamente afortunados de hallarnos en el lado correcto de las puertas de la ciudad. Así que volvimos al Haute Mère-Dieu para apretarnos en un concurrido rincón del restaurante con la intención de cenar. La esperanza de que alguien hubiera abandonado de forma repentina el hotel en aquel intervalo no se materializó, pero después de la cena la dueña nos reveló que ciertas habitaciones estaban permanentemente reservadas para el uso del Estado Mayor, y que, dado que dichas habitaciones aún no había sido reclamadas, tal vez se nos podría permitir que las ocupáramos para pasar la noche.

En Châlons, el cuartel general estaba instalado en la prefectura, un edificio impasiblemente hermoso del siglo XVIII. Y allí, en un majestuoso vestíbulo de piedra, bajo la dorada rampa de una gran escalera rojo escarlata, esperamos, llenos de incertidumbre, entre ordenanzas y estafettes, a que se considerara nuestra inusitada petición. El resultado de la deliberación nos llegó acompañado de una expresión de pesar: no podían hacer nada por nosotros. Los oficiales podían llegar en cualquier momento procedentes del cuartel general central, y necesitarían las habitaciones. Eran ya las nueve de la noche, hacía un frío glacial, y nosotros comenzamos a deambular por la sala. Fue entonces cuando el amable oficial que tuvo que encargarse de comunicarnos que nuestra pretensión había sido desestimada, comenzó a compadecerse de la difícil situación en que nos hallábamos, y se ofreció a concedernos un laissez-passer para regresar a París. Pero París estaba a unos doscientos kilómetros de distancia, la noche era terriblemente oscura, el frío muy intenso, y, además, tendríamos que convencer a los centinelas apostados en cada cruce de carreteras y en cada paso a nivel de que teníamos autorización para pasar. Recordamos la advertencia que nos habían hecho esa misma noche, unas horas antes, y, tras declinar la oferta, salimos de nuevo al frío de la noche. Y, justo en ese instante, la fortuna se compadeció de nosotros. Horas antes, cuando estábamos en el hotel, nos habíamos topado con un amigo que estaba adscrito al Estado Mayor, y ahora, al encontrarnos con él de nuevo, y en muy serias dificultades, nos habló confidencialmente de ciertos alojamientos que podríamos encontrar a no demasiada distancia. Él no podía llevarnos hasta allí, debido a que a partir de una determinada hora no le estaba permitido caminar por las calles… Ni a él ni a nosotros, en realidad, ya que en Châlons el toque de queda comenzaba a las nueve. Pero nos dio instrucciones precisas para poder abrirnos paso a través del intrincado laberinto de pequeñas calles sin alumbrar que se entrecruzan por los alrededores de la catedral.

Allí de pie, junto al coche, en la helada oscuridad de la plaza desierta, nos susurró a toda prisa mientras se giraba para alejarse:

—No deberíais estar en la calle tan tarde… En cualquier caso, la palabra para esta noche es Jena. Cuando se la digáis al chófer, aseguraos de que no os oye ningún centinela.

Y dicho esto, subió los amplios escalones, dejó que las puertas de cristal se cerraran tras él, y allí nos quedamos nosotros, en medio de la oscura noche, negra como el azabache. Y, de repente, me sentí incapaz de creer que yo fuera realmente yo, o que Châlons fuera realmente Châlons, o que el mismo joven con el que quedaba en París para cenar y hablar de libros recién publicados o de obras de teatro recién estrenadas, acabara de susurrarme al oído una contraseña para que pudiéramos llegar hasta una casa situada a tan sólo unas calles de distancia, sin que nadie pudiera oponernos objeción alguna. Era tan abrumadora la sensación de irrealidad que me produjo esa única palabra que, durante un venturoso instante, todo lo que había experimentado, toda la enorme y opresiva e insalvable realidad de la guerra, se deshizo como lo haría una telaraña desgarrada, y me pareció ver de nuevo, detrás de todo aquello, el tranquilizador semblante que ofrecían las cosas antes de que todo cambiase.

La llegada de la mañana trajo consigo el desvanecimiento de esa imagen. Nos despertó un ruido de cañones que parecía incluso más próximo e incesante que el cañoneo de la primera noche en Verdún, y cuando salimos a la calle tuvimos la impresión de que, de la noche a la mañana, un nuevo ejército había brotado de la tierra. Teníamos que detenernos en cada esquina a causa de la prolongada marea de tropas que atravesaba la ciudad a raudales para dirigirse hacia las zonas periféricas del norte, y vimos, de esta manera, como en un friso que se desplegara ante nuestros ojos, cómo se producía el paso de las distintas divisiones: en primer lugar, la infantería y la artillería, los zapadores y minadores, y los interminables vagones de armas y municiones; a continuación, la larga hilera de furgonetas grises con los suministros; y, finalmente, los camilleros tras las ambulancias de la Cruz Roja. El relato completo de lo que era un día en la guerra estaba allí escrito: en aquella interminable y silenciosa procesión hacia el frente. Y nosotros volveríamos a leerlo, pocos días después, en el lacónico comunicado de que se «reanudaban las actividades» en Suippes, y que informaba de la sangrienta franja de terreno ganada entre Perthes y Beausejour.

EN LORENA Y LOS VOSGOS

Nancy, 13 de mayo de 1915

Junto a mí, en el escritorio, tengo un ramo de peonías; las alegres peonías rosáceas de aspecto redondeado que crecen en los jardines de las aldeas. Éstas han sido recogidas esta misma tarde en el jardín de una casa en ruinas de Gerbéviller: una casa tan calcinada y convulsa que, para hallar los epítetos más adecuados para describir su atroz estado, tendríamos que acudir a las palabras que emplearía un profeta hebreo al deleitarse con la caída de una ciudad de idólatras.

Desde que saliéramos ayer de París, hemos atravesado calles y más calles repletas de casas igualmente masacradas, y pueblos que aún se conmueven en sus últimos estertores. Y hemos visto cómo, en unos jardines recién rastrillados y regados, situados ante los negros agujeros que antes albergaban un hogar, o a lo largo del borde de esos abismos que una vez fueron calles, por todas partes, han brotado flores y manchas de vegetación. No he hablado de mis rosáceas peonías para hacer referencia a la trasnochada alegoría de la inocente naturaleza que viene a cubrir con un velo los estragos causados por el hombre. Las he puesto en esta página como un símbolo de la energía humana consciente, que vuelve a plantar y a construir sobre lo que ha quedado convertido en un desierto.

Los pueblos que fuimos dejando atrás en Argonne durante el pasado mes de marzo parecían estar prácticamente muertos; pero ayer descubrimos que la vida brotaba de nuevo por todas partes. Estábamos siguiendo una ruta diferente: la trazada por uno de los grandes zarpazos que la bestia había lanzado el pasado mes de septiembre sobre la zona, entre Vitry-le-François y Bar-le-Duc. Las víctimas de este nuevo grupo eran Etrepy, Pargny, Sermaize-les-Bains, Andernay… Sermaize era un bonito lugar que servía de remanso en las boscosas laderas; las otras aldeas, por su parte, contaban con pequeñas granjas repartidas por los alrededores… Ahora todo aquello no era más que un montón de manchas escrofulosas sobre el suave cuadro primaveral. Sin embargo, hemos escuchado en muchas de ellas el sonido de los martillos, y hemos visto cómo albañiles y mamposteros se ponían manos a la obra. Hemos descubierto indicios del regreso de la vida incluso a los lugares más castigados: niños jugando entre montones de piedras, y, de vez en cuando, algún rostro adulto y prudente que se asoma desde un cobertizo que milagrosamente ha quedado en pie entre las ruinas. En alguna parte vemos cómo un antiguo tranvía se ha convertido en un café, al que han bautizado con el nombre de Au Restaurant des Ruines, y, por todos lados, en aquellos jardines tan cuidadosamente organizados que prosperan entre los calcinados muros, despuntan las rectas hileras de rábanos y lechugas.

Desde Bar-Le-Duc nos dirigimos hacia el noreste y, a medida que vamos adentrándonos en el bosque de Commercy, empezamos a escuchar de nuevo la Voz del Frente. Aquél era el día más cálido y sosegado de mayo, y, en el claro en que nos detuvimos para almorzar, el familiar sonido de los cañones se apoderó del silencio del mediodía con un estruendo descomunal. En los intervalos entre explosión y explosión no se oía nada, con la única excepción del zumbido de los mosquitos que volaban bajo la húmeda luz del sol, y de la llamada del cuco, como de dríade, que nos llegaba desde profundidades más frondosas. Vimos, al final del sendero, cómo pasaban unos soldados de caballería con sus ropas de un ya muy raído azul, y los flancos de sus caballos brillantes como castañas maduras. Se detuvieron a charlar y aceptaron unos cigarrillos. Cuando volvieron a alejarse, el mosquito, el cuco y los cañones retomaron su trío.

El pueblo de Commercy parecía tan incólume que todo aquel estremecedor cañoneo bien podría haber sido un eco desatendido procedente de las colinas. Estos pueblos fronterizos, habituados a los embates de la guerra, siguen entregándose a sus actividades cotidianas con una actitud que podríamos tachar de imperturbable, si no supiéramos que existen palabras más adecuadas, y más fieles, para definir esa actitud. En Commercy, por cierto, ahora no hay muchas actividades cotidianas a las que entregarse, excepto aquellas relacionadas con la ocupación militar, pero el pacífico aspecto de las soleadas y somnolientas calles hace que nos preguntemos si los enfrentamientos se están produciendo realmente a menos de ocho kilómetros de distancia... Y todavía, en una especie de extraña distorsión de su orgullo nacional, los franceses insisten en decir de sí mismos que son un pueblo «nervioso e impresionable».

Esta tarde, en la carretera de Gerbéviller, volvemos al seguir el recorrido de la invasión de septiembre. Sobre todas esas laderas que ahora se nos presentan serenas y tranquilas bajo el follaje de la primavera, se desarrollaron los combates de una guerra que avanzó y retrocedió durante aquellos voraces días de otoño, y la lucha ha dejado su horrible rastro en cada metro. Los campos están llenos de cruces de madera, que quedan a salvo gracias a los límites que, en torno a ellas, traza la reja del arado; muchas de las aldeas han quedado parcialmente destruidas, y, en determinados puntos dispersos, la presencia de un lugar en ruinas señala el núcleo principal de un combate aún más feroz. Sin embargo, el paisaje, en su primera y dulce fecundidad, se muestra tan lleno de vida gracias a las labores de labranza, de siembra y de todas las otras tareas propias de la primavera, que las cicatrices de la guerra se presentan como las huellas de una tragedia acontecida muchos años atrás. Y no sería hasta después de haber doblado una nueva curva de la carretera, que nos ofreció de lleno la perspectiva de Gerbéviller, cuando empezáramos a respirar de nuevo el asfixiante aire del horror.

Gerbéviller, un lugar tranquilamente recostado sobre las laderas del Meurthe, debió de constituir en el pasado un enclave privilegiado para vivir. Las calles ascendían entre desperdigadas casas con jardín hacia el gran castillo de Luis XIV, que se elevaba sobre el pueblo, y hacia la iglesia que le servía de contrapeso. Aquello fue todo lo que logramos captar en nuestro primer atisbo del valle, pero cuando nos adentramos en el pueblo, todo el paisaje se fundió en el caos. Gerbéviller ha asumido para sí el título de «pueblo mártir», un honor que podrían disputarle otras muchas poblaciones igualmente masacradas. Pero lo cierto es que resulta difícil imaginar que ninguna de ellas pueda superar aquella terrible imagen de destrucción. Sus ruinas parecen haber sido vomitadas desde las profundidades y, a la vez, arrojadas desde el cielo, como si el pueblo entero se hubiera visto sometido a los monstruosos y simultáneos efectos de un terremoto y un tornado; y logra llenarnos de fría desesperación el saber que no fue un accidente de la naturaleza lo que produjo esta doble destrucción, sino la mano del hombre en una acción fervorosamente planificada y metódicamente ejecutada. Desde las colinas que se elevan justo al otro lado, el pobre pueblecito rodeado de jardines fue bombardeado como si se tratara de una fortaleza de acero y, a continuación, tras la entrada de los alemanes, una tras otra, fueron incendiadas todas las casas. Más tarde, en el momento preciso, uno de los biplanos cargados de explosivos que el impávido teutón llevaba consigo para repetir la hazaña del Lusitania, pero esta vez en tierra, soltó su carga sobre cada hogar. Estaba todo tan bien hecho que cabe preguntarse —casi pidiendo disculpas ante la meticulosidad alemana— si alguna de las ratas humanas lograría escapar de su agujero. Y, en efecto, algunos lo consiguieron, pero entonces las acechantes bayonetas se encargaron diligentemente de acabar con ellos.

Una anciana, al oír el grito mortal de su hijo, se asomó imprudentemente a la puerta de su casa. Una bala derribó su cuerpo en el acto, dejándolo tendido entre sus polemonios y sus lirios; y, allí, en su pequeño jardín, su cadáver fue deshonrado. Parecía particularmente apropiado, ante semejante escena, leer el cartel que, situado en la parte superior de una puerta ennegrecida, decía: «Monuments Funèbres», y observar que la casa a la que una vez perteneció aquella puerta constituía el límite de una angosta calle llamada La Ruelle des Orphelines.

En un extremo de la calle principal de Gerbéviller hubo una vez una casa encantadora, construida bajo los sobrios preceptos del estilo tradicional de la región de Lorena, con una puerta baja, un amplio tejado y un gran hastial. Fue en el jardín de esta casa donde el propietario, el señor Liegeay, un exalcalde de Gerbéviller que fue testigo de todos los horrores de la invasión, se encargó de recoger las rosáceas peonías para mí.

El señor Liegeay vive ahora en la bodega de un vecino, ya que la suya quedó totalmente cubierta por los escombros de su encantadora casa. Nos habló de los tres días de ocupación alemana; de cómo él, su esposa, su sobrina y los hijos de su sobrina se escondieron en la bodega mientras los alemanes incendiaban su vivienda, y de cómo descubrieron, a través de una puerta que daba al patio de los establos, que los soldados empezaban a sospechar que estaban allí dentro, e intentaban llegar hasta ellos. Afortunadamente, los incendiarios habían cubierto de madera y paja todo el exterior de la casa, y las llamas ascendían con tanta fuerza que impedían que los soldados pudieran acercarse siquiera. Entre el arco de la puerta y la propia entrada había una abertura con forma de media luna, y el señor Liegeay y su familia, a lo largo de tres días y tres noches, se dedicaron a destruir los barriles de la bodega y a lanzar los pedazos de madera por esa misma abertura para mantener vivo el fuego del patio.

Por último, al tercer día, cuando empezaron a temer que las ruinas de la casa pudieran derrumbarse sobre ellos, decidieron salir corriendo para ponerse a salvo. La casa estaba situada a las afueras del pueblo, y las mujeres y los niños corrieron lo suficiente como para adentrarse en el campo, pero un soldado alemán sorprendió al señor Liegeay en su jardín. Él echó a correr hacia el alto muro que separaba su propiedad del cementerio contiguo, y, tras escalarlo con mucha dificultad, resbaló y cayó en un hueco que se abría entre la pared y una gran cruz de granito. La cruz estaba cubierta con las horrorosas coronas de alambre y cristal que tanto gustan a los dolientes franceses, y, con la colocación de tan oportunos recuerdos encima, el señor Liegeay logró esconderse y permanecer tumbado en su estrecho refugio desde las tres de la tarde hasta la noche, mientras escuchaba las voces de los soldados que intentaban encontrarle entre las lápidas. Por suerte, aquél era el último día de los alemanes en Gerbéviller, y esa retirada le salvaría la vida.

Incluso estando en el mismo centro de Gerbéviller, lo cierto es que no hallamos tanta destrucción en ninguna otra parte como la que vimos en el preciso lugar en que se había ubicado el exalcalde para relatarnos su historia. El hombre miró a su alrededor y clavó los ojos en un montón de ladrillos ennegrecidos y hierros retorcidos:

—Este era mi comedor —dijo—. Las paredes estaban decoradas con bonitos y antiguos revestimientos de madera, y teníamos también algunos grabados que mi abuelo recibió como regalo de boda. —A continuación nos llevó hasta otro lugar en que se abría un nuevo socavón—. Aquí estaba nuestra sala de estar. Pueden apreciar las vistas que teníamos desde aquí. —Suspiró, y añadió filosóficamente—: Supongo que teníamos demasiadas cosas. Disponíamos hasta de luz eléctrica ahí fuera, en la terraza, para poder leer el periódico durante las noches de verano. Sí, teníamos demasiadas cosas…

Eso era todo.

Mientras tanto, el pueblo entero se había teñido del rojo del horror: llamas y disparos y torturas innombrables. Y, en el otro extremo de la amplia calle, una mujer, una Hermana de la Caridad, había sabido defenderse, como ya lo hiciera Sœur Gabrielle en Clermont-en-Argonne, y había conseguido que su rebaño de ancianos y niños se mantuviera unido en torno a ella tras interponer su pequeña y robusta figura entre sus protegidos y la furia de los alemanes. La encontramos en su hospicio, y vemos que se trata de una mujer rubicunda e indómita que nos enumera con sosegada indignación, con más emoción que invectivas, los horribles detalles de aquellos tres días sangrientos. Pero todo eso pertenece ya al pasado, y ahora le preocupa mucho más la necesidad de abastecer de ropa y alimentos a los habitantes de Gerbéviller, dado que dos tercios de la población ha «regresado a casa». ¡Esa es la expresión que utilizan cuando se refieren a los que han regresado a este desierto!

—Como ve —nos explicó la hermana Julie—, hay tierras que cultivar, jardines que atender… Así que tenían que regresar. El gobierno está construyendo albergues de madera para todos ellos, y la gente nos mandará, con toda seguridad, colchones y ropa de cama. (Por su tono de voz, parecería impensable que no lo hicieran). Y también botas fuertes. Botas para los trabajadores del campo. Las queremos para los hombres y también para las mujeres. Así, como éstas. —Sœur Julie, sonriente, nos mostró una suela con tachuelas—. Yo misma he dirigido las labores en la granja de nuestro hospicio, y ahora todas las mujeres están trabajando en el campo. Tenemos que llenar el hueco dejado por los hombres.

Y me pareció ver cómo mis peonías rosáceas florecían justo en las huellas de sus resistentes botas.

14 de mayo

Nancy, el pueblo más bonito de Francia, no ha sido nunca tan hermoso como ahora. Cuando regresamos la pasada noche, después de recorrer tantos lugares en ruinas, se nos ocurrió pensar que hasta la más humilde de las Hermanas que hubieran tenido que sacrificarse para evitar que la desolación se asentara también aquí, suplicaría (con nosotros) que nadie que pudiera admirar toda esa perfección se olvidara de ellas… Una perfección que tanto había costado conservar.

La última vez que contemplé el gran conjunto arquitectónico de la place Stanislas fue en el transcurso de una calurosa noche de julio: la noche de la Fiesta Nacional. La plaza y las principales avenidas que iban a dar a ella estaban atestadas de gente, y, con la llegada de las primeras sombras de la noche, los proporcionados perfiles de arcos y palacios emergieron bajo la iluminación de muy diversas tonalidades. Montones de lámparas dispuestas en guirnaldas colgaban de los soportales que conducían a la place de la Carrière, enormes llamaradas de vistosos colores brillaban desde el Arco de Triunfo, prolongadas curvas llenas de resplandor se sacudían como en un batir de alas por encima de los matorrales del parque, de las esculturas de las fuentes, del follaje marrón y oro de las grandes puertas de Jean Lamour, y, bajo todo este techado de luz, crecía el rumor de una multitud feliz que celebraba de manera despreocupada, siguiendo la tradición, unas victorias ya medio olvidadas.

Ahora, con la puesta del sol, en Nancy cesa cualquier forma de vida y van cayendo, uno tras otro, los velos del silencio sobre la desierta plaza y sobre todas las calles, igualmente vacías, que allí desembocan. La pasada noche, a eso de las nueve ya habían apagado las pocas luces que pudieran quedar encendidas; todas las ventanas habían sido cubiertas y la noche sin luna se tendió sobre la ciudad como un dosel de terciopelo. Más tarde, desde algún punto remoto, el arco de un reflector barrió el cielo; depositó sobre la oscurecida fachada del palacio una efímera palidez y sobre las invisibles puertas un destello dorado; palpitó sobre la negra bóveda, y, luego, desapareció haciendo que esta pareciera aún más negra. Cuando salimos del sombrío restaurante situado en una de las esquinas de la plaza, y cayó tras nosotros, a toda prisa, la cortina de hierro de la entrada, nos pareció estar inmersos en una oscuridad tan absoluta que precisamos de la amable ayuda de un camarero para llegar hasta el bordillo de la acera. Luego, a medida que nos fuimos acostumbrando a la oscuridad, vimos que ésta resultaba más densa bajo la columnata de la place de la Carrière y los recortados árboles que crecían más allá. Los ordenados bloques arquitectónicos se convirtieron en algo augusto, los espacios existentes entre ellos pasaron a ser inmensos, y el cielo negro, débilmente sembrado de estrellas, pareció recubrir una ciudad encantada. No se oía un solo paso. No se movía una sola hoja. No corría ni un soplo de viento bajo los arcos. Y, de repente, a través de la muda noche, nos llegó el sonido de los cañones.

14 de mayo

Almuerzo con el Estado Mayor en una antigua casa burguesa situada en un pequeño pueblo que parece tan somnoliento como Cranford. En el interior de los cálidos jardines vallados todo parecía florecer a la vez: los laburnos, las lilas, los espinos, los rosales de Banksia y todas esas agradables plantas que crecen con el boj y el espliego en los arriates. ¡Las flores nunca habían respondido con tanta diligencia a la llamada de la primavera! Arriba, en el dormitorio estilo Imperio que el general había convertido en su estudio, resultaba divertido e incongruente contemplar cómo el sólido y provinciano mobiliario se hallaba atestado de mapas del frente, de planos de las trincheras, de fotografías de aviones y de toda la documentación propia de la guerra moderna. Al otro lado de las ventanas zumbaban las abejas, las hojas del jardín susurraban agitadas por el viento, y sabíamos que, muy cerca, justo detrás de los muros de los otros jardines, seguía desarrollándose en calma la plácida y ordenada vida burguesa.

Salimos temprano hacia Mousson, cerca del Mosela. Se trata de una fortaleza en ruinas que se alza sobre una colina, y que da nombre al pueblo —mucho más conocido— que se asienta a sus pies. La carretera se deslizaba bajo la prolongada sierra de la Grande Couronne, esa sucesión de alturas que gira hacia el sureste, desde Pont-à-Mousson hasta Saint Nicolas du Port. Todo este horizonte tan agradable y accidentado tembló y se agitó el pasado otoño bajo los avances de la batalla. Pero quedan pocas huellas de aquellos días, con la salvedad de las cruces de madera que salpican los campos. Ya no hay tropas a la vista, y un pacífico paisaje agreste ha venido a ocupar el lugar de aquel otro paisaje de guerra que el pasado mes de marzo hiciera de Argonne un lugar tan trágico. Descubrimos, por la carretera que nos lleva hacia Mousson, una aldea de aspecto italiano que destaca sobre la cumbre de una colina. Marca el punto exacto en el que se contuvo, el pasado mes de agosto, la invasión alemana, y a partir del cual, finalmente, comenzó su repliegue. Y la Musa de la Historia señala que durante mucho tiempo, en esta misma colina, se alzó una estela conmemorativa en la que podía leerse: «Aquí, en el año 362, Jovino venció a las hordas teutónicas».

En nuestro ascenso hacia Mousson, dejamos el coche un poco más arriba, tras una pequeña elevación del terreno. Las líneas alemanas atravesaban el camino, y cabía pensar que unos caminantes (a no ser que fueran en grupo) estarían menos expuestos que un coche a recibir la descarga de la artillería. Avanzamos bajo un torrencial cielo gris que descargaba sobre nosotros toda la lluvia almacenada en sus entrañas. Nos detuvimos al abrigo del castillo para contemplar el valle del Mosela, los tejados de pizarra de Pont-à-Mousson y el puente destruido que una vez sirvió para unir las dos partes del pueblo. De no ser por la escena del puente destrozado, no habría nada a nuestro alrededor que indicara que nos encontrábamos a las mismas puertas de la guerra. El viento era demasiado fuerte como para que se pudiera disparar. Y no había razón alguna para creer que el bosque que se alzaba justo detrás del tejado del hospicio que se hallaba a nuestros pies estuviera cosido de trincheras alemanas y cargado de armas de fuego; o que en cada una de las laderas del valle el ojo de un cañón estuviera vigilándonos, insomne. No obstante, lo cierto es que los alemanes estaban allí, delimitando con un cerco de hierro tres de las caras de la torre de vigilancia. Al asomarnos por una tronera de las antiguas murallas, empezamos a adivinar lo que sentirían los habitantes del pequeño burgo medieval al contemplar cercos similares trazados por sus propios invasores. Cuanto más pensábamos en ello, más opresiva y amenazante se nos hacía la invisibilidad del enemigo. «Están allí… Y allí. Y allí…». Forzamos la vista tanto como pudimos, pero sólo fuimos capaces de apreciar el espectáculo de las tranquilas laderas con sus adormiladas granjas. Era como si la misma tierra fuera el enemigo, como si las hordas del mal residieran entre los terrones y las briznas de hierba. Sólo un cerro cónico próximo a nosotros mostraba un extraño dibujo artificial, como si montones de hormigas gigantes se hubieran dedicado a marcarlo con unas protuberancias que se entrecruzaban. Nos dijeron que eran las trincheras francesas, pero aquello tenía un aspecto mucho más inofensivo: parecía tratarse de los restos de un asentamiento prehistórico.

De repente, un oficial nos dijo, mientras apuntaba con un dedo hacia el oeste de aquella colina recorrida por las trincheras:

—¿Ven esa granja? —Se trataba de una casa que se alzaba justo debajo, cerca del río, y tan próxima a nosotros que cualquiera con buena vista habría podido distinguir con facilidad la presencia en el corral de hombres o animales; si es que había hombres o animales cuya presencia poder distinguir. Pero todo el lugar parecía dormir el sueño de una paz bucólica—. Allí están —dijo el oficial.

La inocente estampa que me ofrecían los gemelos, enmarcada, me devolvió de pronto una mirada que parecía provenir de una máscara humana cargada de odio. Ni el más ruidoso de los cañoneos había logrado que «ellos» se me mostraran tan reales.

En esta zona, las líneas militares y la antigua frontera política se solapan constantemente y, en una de las hendiduras de las boscosas colinas que ocultan las baterías alemanas, vimos una masa de color oscuro que destacaba sobre el gris horizonte. Se trataba de Metz, la ciudad prometida, con sus hermosos campanarios y sus torres, que surgía como el estandarte místico que viera el emperador Constantino en el cielo…

Bajamos la colina a trompicones hasta el río, atravesando huertos y húmedos viñedos, y entramos en Pont-à-Mousson. Pudimos llegar hasta allí gracias a una cuestión de simple buena suerte meteorológica, ya que si hubieran dormido los vientos, habrían despertado las armas, y, cuando estas despiertan, el pobre Pont-à-Mousson no se muestra muy hospitalario con los visitantes. Una actitud que los mismos visitantes comprenden a la perfección en cuanto ponen un pie en el jardín —situado a orillas del río— del gran monasterio premonstratense, que ahora hace las funciones de hospital y asilo para todo el pueblo. Entre los recortados tilos y los simétricos arriates, los proyectiles alemanes han excavado tres o cuatro «horribles hoyos», en uno de los cuales, la semana pasada, murió una niña. La fachada del edificio se nos muestra cubierta de las marcas dejadas por los disparos —como si se tratara de las huellas de la viruela—, y desfigurada por los enormes agujeros. Sin embargo, en el interior de este precario refugio, la hermana Theresia, de la misma raza indomable que las hermanas de Clermont y Gerbéviller, ha formado un heterogéneo grupo compuesto por una serie de soldados heridos en las trincheras, civiles destrozados por los bombardeos, éclopés, ancianas y niños: las ruinas humanas de este sector del frente que se ve tan golpeado por la tormenta. La hermana Theresia no muestra desconcierto alguno por el hecho de que las bombas sigan pasando continuamente por encima de su cabeza. El edificio es inmenso y consta de varias alas, de modo que, cuando una parte resulta afectada, ella recoge a sus protegidos, con su cama y equipaje, y se los lleva a otra. Je promène mes malades, nos explica con calma, como si alardeara de las muchas habitaciones con que cuenta, a la manera de un hospital ultramoderno. Mientras, nos guía por diversas galerías abovedadas y estucadas, en las que unos santos que hacen las veces de columnas, como cariátides, bajan la mirada en su solemnidad de yeso hacia las hileras de camastros cubiertos con mantas de color marrón, y hacia las largas mesas en las que los demacrados éclopés disfrutan de su sopa nocturna.

15 de mayo

Hemos conocido al ser más feliz del mundo: un hombre que ha encontrado una misión.

Esta tarde nos hemos dirigido hacia el suroeste de Nancy, hasta llegar a un pequeño lugar llamado Ménil-sur-Belvitte. El nombre de esta aldea aún no se encuentra estrechamente vinculado al acontecer histórico, pero debería estarlo, por diversas razones. Y hay un hombre para quien ya lo está. Ménil-sur-Belvitte es una localidad situada al abrigo de los Vosgos, muy deteriorada ya que, durante el primer mes de la guerra, en ella se produjeron enfrentamientos terribles. Las casas se asientan sobre una enorme hendidura y, un poco más atrás, el terreno vuelve a elevarse y a extenderse, formando una meseta sobre la que se mece el trigo y tras la que se alzan importantes laderas boscosas. El «campo de batalla» ideal para los libros de historia. Y lo cierto es que, precisamente aquí, tendría lugar una verdadera batalla sobre el terreno, a la vieja usanza: los franceses, victoriosos, lograban que los alemanes fueran retrocediendo, y, mientras, caían a miles sobre los pisoteados campos de trigo.

La iglesia de Ménil está en ruinas, pero sigue en pie la casa parroquial: una construcción pequeña y sencilla, situada al final de la calle. Y fue allí donde nos recibió el cura. Una vez dentro, nos condujo hasta una habitación que él había convertido en capilla. La capilla es también una especie de museo de la guerra, y todo lo que hay en ella tiene algo que ver con la batalla que tuvo lugar entre los trigales. El candelabro del altar está hecho con proyectiles de un «setenta y cinco»; la aureola de la Virgen se compone de bayonetas que emergen tras ella en forma radial; la paredes están intrincadamente adornadas con trofeos alemanes y reliquias francesas; y el cura ha hecho que pinten en el techo una especie de mapa zodiacal de toda la región, en el que el puñado de casas que componen Ménil-sur-Belvitte figuran como la estrella central del sistema, mientras que Verdún, Nancy, Metz y Belfort aparecen como sus humildes satélites. Sin embargo, la capilla-museo constituye tan sólo una nimia expresión de la apasionada dedicación del cura a los muertos. Es en el campo de batalla donde ha puesto en práctica aquello que considera su verdadero cometido. Es allí donde, en cuanto terminaron los enfrentamientos, asumió la tarea de vallar las zonas en que, en filas simétricamente dispuestas, iban a conservarse las tumbas; allí comenzaría a llevar un registro por escrito de todas ellas, y a plantar flores y pequeños abetos. Fue allí donde se encargó de marcar cada uno de los enterramientos, con el nombre de los caídos y la fecha en que murieron. Pudimos ver, mientras nos guiaba de uno a otro de estos recintos, cómo se le iluminaba el rostro con la llama de la vocación cumplida. Este hombre en concreto nació para llevar a cabo esta tarea en concreto. Nos hallamos ante un coleccionista por naturaleza. Un registrador de datos. Un hombre religioso que se ha convertido en un héroe. En la entrada a la presbytère hay una caja llena de mariposas cuidadosamente sistematizadas, resultado, sin duda, de una pasión ya temprana por el coleccionismo. Sus spécimens han cambiado, eso es todo: ha pasado de las mariposas a los hombres; de una psique actual a otra visionaria.

En nuestro viaje hacia Ménil, nos detenemos en la aldea de Crévic. Los alemanes estuvieron aquí en agosto, pero el lugar permanece intacto, con la única salvedad de una casa. Esa casa, bastante grande y situada en un parque, en uno de los extremos del pueblo, constituyó el lugar de nacimiento y residencia del general Lyautey, uno de los mejores soldados de Francia, y el peor enemigo de Alemania en África. No exageramos al afirmar que el pasado mes de agosto, el general Lyautey, gracias a su audacia y rapidez, logró que Marruecos continuara en manos francesas. Los alemanes lo saben, y le odian, y en cuanto los primeros soldados llegaron a Crévic —un lugar tan recóndito e imperceptible que incluso la omnisciencia alemana podría haberlo pasado por alto—, el oficial al mando preguntó por la casa del general Lyautey. A continuación fue directamente hasta ella, encendió una hoguera en el patio con todos los papeles, retratos, muebles y reliquias familiares, y poco después quemó toda la casa. Fue el jardinero quien nos contó esta historia, que recordaba a otras muchas que también hablaban de la meticulosidad alemana y de su caballeroso comportamiento. Nos habíamos sentado en el parque, que ahora se mostraba muy descuidado, y contemplábamos las lúgubres ruinas de la casa. La narración del jardinero quedaba corroborada por el hecho de que fuera aquél el único edificio destruido en todo Crévic.

16 de mayo

A unos tres kilómetros de la frontera alemana —y me refiero tanto a la frontera real como a los límites del propio frente— se eleva una colina solitaria, aislada de las praderas de Lorena. Al este de esa colina, un río se desliza entre los álamos; es el río que constituye la línea divisoria entre el Imperio y la República. En un día tan claro como este, la perspectiva desde lo alto de la colina resulta extraordinariamente interesante. Desde su cima cubierta de hierba, un pequeño cañón antiaéreo vigila el cielo, y apunta hacia el este en busca de cualquier mota sospechosa. Una profunda trinchera —más bien un «intestino»— atraviesa por completo todo el perímetro de la colina, y serpentea invisible desde un puesto de observación subterráneo hasta el siguiente. En cada una de estas madrigueras temporales (techadas, ingeniosamente revestidas con cañas y cubiertas de hierro) hay dos o tres oficiales de artillería que, con una expresión atenta y tranquila, dirigen por teléfono el fuego de las baterías escondidas en algún lugar del bosque, a siete u ocho kilómetros de distancia. A pesar de que el lugar resultaba francamente interesante, no obstante, la actividad de los hombres que vivían allí me lo parecía mucho más. Como es lógico, provenían de distintas clases sociales, y, por tanto, habían recibido una educación dispar. Pero su fraternidad mental y moral no aceptaba fisuras. Todos eran bastante jóvenes, y sus rostros tenían ese aspecto que la guerra ha dejado en los rostros de los franceses: la contienda parecía haber agudizado su inteligencia, fortalecido su voluntad, y parecía haberles obligado a mantener tan sólo opiniones sensatas, como si cada una de sus capacidades se hubiera multiplicado por tres. Además, era como si se hubieran radicalizado tanto que sus propios problemas personales hubieran quedado relegados a un mero punto de fuga en el marco de la gran perspectiva que componía la realidad.

Desde esta vigilante elevación —que permitía una observación directa y constante sobre la frontera—, descendimos un poco por la ladera hasta llegar a una aldea que se hallaba fuera del alcance de las armas. Allí, el oficial al mando nos ofreció un té en el interior de una encantadora casa antigua que disponía de un jardín lleno de flores y de cachorros. Debajo de la terraza, la perdida Lorena se prolongaba hacia sus cumbres azules, ofreciéndonos una conmovedora escena de paz estival. Y, justo por encima de nosotros, la insomne colina se mantenía alerta, con su red de cables zumbando día y noche. Era durante los intervalos como éste, en los que aprovechábamos para descansar, cuando todo lo horrible que estaba sucediendo a nuestro alrededor parecía hacérsenos francamente insoportable, hasta casi destrozarnos los nervios.

Pasada la aldea, la carretera se deslizaba zigzagueante hasta llegar a un bosque que había formado una masa oscura e imprecisa en la imagen global que previamente captamos de toda la llanura. Nos adentramos en el bosque y nos detuvimos a los pies de una extraña colonia de barracones. Parecían asomar por todas partes de entre las ramas, y estaban tan cubiertos de hojas, parecían tan frondosos y se confundían de tal modo con las ramas que los ocultaban, que más bien parecían un elemento de transición entre un árbol y una casa. Nos hallábamos en uno de los llamados villages nègres de las trincheras de segunda línea, esos pequeños y vivaces asentamientos a los que se retiran las tropas después de haber estado en primera línea de fuego. Esta colonia en particular había alcanzado unos niveles extraordinarios de comodidad y seguridad. Las casas eran en parte subterráneas. Se conectaban entre sí mediante profundos y serpenteantes «intestinos», sobre los que alguien había dispuesto unos puentes muy sencillos y livianos; los tejados eran de una tierra tan densa que cualquier parte del barracón que quedara al descubierto, por encima del suelo, era también a prueba de proyectiles. Y, no obstante, se trataba de casas de verdad, con puertas de verdad y ventanas bajo sus aleros de hierba. Con verdaderos muebles en el interior, y verdaderos parterres de margaritas y pensamientos en las puertas. Sobre la mesa del bungalow reservado al coronel florecía un gran manojo de flores de primavera, y pudimos apreciar que en todas partes brillaba la misma pulcritud y el mismo orden, el mismo orgullo satisfecho por mantener cada cosa en su sitio. Los hombres cenaban en largas mesas de caballetes situadas bajo los árboles; se les notaba cansados, sin afeitar, y vestían raídos uniformes de todos los cortes y de casi todos los colores imaginables. Estaban fuera de servicio, relajados, de buen humor, pero tenían la misma mirada que habíamos visto en los hombres instalados en la cima de la colina de vigilancia. Fuéramos donde fuéramos, la impresión al observar a los hombres que luchaban en el frente era siempre la misma: que el único y absorbente pensamiento de la Defensa de Francia anidaba en el corazón y en la mente de cada uno de los soldados rasos con la misma intensidad con que anidaba en el corazón y en la mente de sus jefes.

Unos diez metros más allá se abrían los confines del bosque, delimitados por una empalizada de cañas. A través de un pequeño agujero recortado en la empalizada, pudimos ver el campo que se extendía al otro lado, hasta llegar a los tejados de una tranquila aldea situada aproximadamente a un kilómetro y medio de distancia. Me encaminé hacia allí y, de inmediato, alguien tiró de mí:

—¡Tenga cuidado! ¡Son las trincheras!

Lo que parecía una simple protuberancia trazada en la tierra por la acción del arado, era en realidad el lugar donde se escondía el enemigo. En la tranquila aldea que había más allá, mientras tanto, los cañones franceses estaban al acecho. Nos encontrábamos allí de pie, observando el panorama, cuando de repente escuchamos el inconfundible rugido de un avión sobre nuestras cabezas. A continuación vimos cómo, muy arriba, un Pájaro del Mal comenzaba a recortarse sobre el cielo azul. «Tá, tá, tá», bramó la mitrailleuse desde la colina. Los soldados salieron de sus refugios y aguzaron la mirada para poder distinguir lo que se movía más allá de los árboles. El Taube, al descubrir que era el centro de tanta atención, volvió hacia nosotros su cola gris y se agitó en el aire emitiendo un silbido. A continuación se alejó y se dirigió hacia las seguras nubes, que se encargarían de ocultarlo.

17 de mayo

Hoy hemos iniciado nuestro viaje con una sensación de aventura mucho más intensa de lo habitual. Hasta el momento, siempre se nos había informado de antemano de lo que íbamos a encontrar en el lugar al que nos dirigíamos, y de cuánto se nos permitiría ver; pero ahora íbamos rumbo a lo desconocido. Pasado cierto punto, todo se convertía en una pura conjetura. Sólo sabíamos que lo que pudiera suceder a partir de entonces dependería de la buena voluntad de un coronel de chasseurs-a-pied con quien nos dijeron que habíamos de encontrarnos tras recorrer un largo trecho entre los repliegues de las montañas que se alzaban sobre el horizonte, al sureste.

Recogimos en el cuartel general a un oficial del Estado Mayor, y nos dirigimos hacia un pueblo muy golpeado por los embates de la guerra, situado a los pies de las colinas. Desde allí nos deslizamos a través de un valle zigzagueante que se estrechaba cada vez más, bajo precipicios boscosos, hasta llegar a un pequeño asentamiento en el que nos encontraríamos con el coronel de la brigada. En aquel lugar se celebró un breve encuentro entre el coronel y el oficial del Estado Mayor que viajaba con nosotros. Luego se nos unió un capitán de chasseurs, y nos pusimos en marcha de nuevo. La carretera discurría por un pueblo tan desprotegido que nuestro acompañante del Estado Mayor sugirió que sería conveniente que lo evitáramos, pero nuestro guía no tuvo valor para decepcionar a sus nuevos conocidos:

—No detendremos el coche —dijo en tono indulgente—. Simplemente pasaremos por delante. Y tan rápido como podamos.

Aunque luego, en su exceso de indulgencia, nos permitió que ralentizáramos la marcha.

¡Aquel pueblo azotado por la desgracia! Lo cierto es que, cuando llegamos a él tras haber dejado atrás una carretera plagada de socavones recientes, producidos por el estallido de los obuses, yo no deseaba detener el coche. Lo que quería era que nos apresuráramos para poder borrar cuanto antes aquella imagen horrenda de mi memoria. Se trataba de un espectáculo doblemente triste, ya que el lugar no estaba aún «totalmente aniquilado». Quedaban débiles muestras de vida que surgían en cualquier rincón, por todo el pueblo. Algunos niños jugaban en las devastadas calles, y unas madres, muy pálidas, observaban sus juegos desde las puertas que conducían a sus bodegas.

—No deberían estar aquí —nos explicó nuestro guía—. Pero unos ciento cincuenta vecinos suplicaron de tal modo al general, que éste finalmente les permitió quedarse en sus casas. El oficial al mando se encarga de vigilar los alrededores, y en cuanto les da una señal, todos ellos corren a ocultarse en sus madrigueras. Dice que siempre le obedecen. Así que no hay ningún problema. Fue él de hecho quien solicitó que pudieran permanecer aquí...

Ascendimos hacia las colinas. La visión del dolor humano y de las ruinas parecieron disolverse entre toda aquella belleza. Estábamos rodeados de abetos, y el bálsamo que inundaba el aire resultaba embriagador. Los musgosos márgenes del camino emitían un delicioso aroma a lluvia, y las pequeñas cascadas que nacían en las alturas hacían que las ramas oscilaran por encima de recónditas charcas. Tras cada curva de la carretera descubríamos que el bosque se extendía más y más, ascendiendo con nosotros y, a la vez, alejándose hacia la profundidad de los estrechos valles que convergían en la distancia de color azul pizarra. Tras una de aquellas curvas, adelantamos a una compañía de soldados que caminaban con una pala al hombro y la bolsa de los pertrechos cruzada a la espalda. Eran «los trabajadores de las trincheras», que ascendían, oscilantes, en nuestra misma dirección. La vida diaria aquí, en este ambiente de aire cristalino, por fuerza ha de ser mucho más soportable que la que se puede llevar en los lodazales de Argonne o entre las cerradas nieblas del Norte. No en vano, gracias al viento y al clima, los rostros de estos hombres muestran un aspecto ciertamente saludable.

Seguimos ascendiendo, y pronto nos detuvimos en una especie de entrante. Allí dimos con otro «pueblo negro», que en esta ocasión casi parecía una ciudad. Cuando el coche se detuvo, los soldados —montones de chasseurs-a-pied con uniformes descoloridos y manchados del barro de las trincheras— se congregaron en torno a nosotros. Muy pocos visitantes llegan hasta este punto tan elevado, así que los soldados expresaron su inmensa alegría por ver tantos rostros nuevos garabateando un inmenso Vive l'Amérique! en la puerta del automóvil. L'Amérique, por su parte, estaba encantada y muy orgullosa de estar en aquel lugar, plenamente consciente de que el aire que respiraba estaba cargado de valor y de una obstinada voluntad por seguir resistiendo. Todos los hombres eran reservistas, es decir, casados en su mayoría y con más edad de la aconsejable para servir a su país en primera línea de combate. No ha habido mucho movimiento por este sector durante meses, así que no han tenido que enfrentarse a grandes aventuras que les hicieran hervir la sangre o que permitieran que su imaginación echase a volar. Estos hombres han visto cómo pasaba un mes tras otro en medio de una total inactividad y una monótona espera. Y aquella situación se traslucía en sus rostros. No vemos en ellos el brillo de una vitalidad embriagadora, sino la mirada de unos hombres que saben a la perfección cuál es su misión, que han reflexionado largamente acerca de sus circunstancias, y que están aquí para defender su trocito de Francia hasta el día de la victoria o del exterminio.

Mientras tanto, han intentado sacarle el mayor partido posible a la situación en que se hallan, y han hecho que sus cuarteles se conviertan en una especie de colonia en el bosque capaz de hacer las delicias de cualquier muchacho. La estructura de la improvisada aldea nos pareció mucho más elaborada que la de cualquier otro lugar en que hubiéramos estado antes. En el refugio subterráneo del coronel, encontramos una gran mesa cubierta de lilas y tulipanes, dispuesta para tomar el té. En el interior de otras catacumbas igualmente animadas, descubrimos pulcras filas de literas, mesas de comedor y chisporroteantes cacerolas puestas al fuego del hogar. Por todas partes tropezamos con objetos de lo más ingenioso, que remedaban el mobiliario propio de los campamentos o incluso los enseres que sirven para decorar las casas. Según se bajaba por la carretera, se abría un sendero entre las ramas de los abetos, que llevaba hasta un hospital oculto, una maravilla de la concentración subterránea. Mientras charlábamos con el cirujano, entró un soldado procedente de las trincheras. Se trataba de un hombre mayor, sin afeitar, con cara de ser un ciudadano normal y corriente; alguien con quien podríamos cruzarnos cien veces en cualquier ciudad francesa sin darnos cuenta. Estaba tremendamente pálido. Tenía una herida en la cabeza, y acababan de vendársela. El coronel se detuvo y comenzó a hacer una serie de preguntas. A continuación, se giró hacia el soldado y le dijo:

—¿Se siente mejor ahora?

—Sí, señor.

—Muy bien. En un día o dos volverá a pensar en regresar a las trincheras, ¿no es así?

—Vuelvo a las trincheras ahora mismo, señor —respondió el soldado con la mayor sencillez. Y el coronel le respondió de igual manera.

—De acuerdo —fue lo único que contestó. Pero, mientras salíamos, vi cómo ponía una mano sobre uno de los hombros del soldado.

En nuestra siguiente visita entramos en una choza rematada con un techo de tierra, «La casa de los artesanos ambulantes», donde dos o tres soldados modelaban y cincelaban todo tipo de baratijas con el aluminio extraído de los proyectiles del enemigo. Uno de los artesanos estaba terminando de rematar un anillo al que había añadido unas cabezas de fauno bellamente talladas. Otro me ofreció un Pickelhaube lo suficientemente pequeño como para ajustarse al tamaño de una semilla de mostaza, pero perfecto en cada detalle, y taraceado con el águila de bronce de un pfennig imperial. Hay muchos forjadores de anillos entre los soldados del frente, y el diseño de sus obras, tan austero y arcaico, representa un nuevo ejemplo de lo certero del gusto francés. No obstante, más tarde supe que los dos hombres a quienes estábamos visitando eran joyeros parisinos, así que, para ellos, el apelativo de «artesano» resultaba ciertamente limitado. Tanto los oficiales como los soldados se mostraban muy orgullosos de su trabajo y, mientras continuaban en el interior de su estrecha herrería, con el rostro iluminado por el rojo resplandor del fuego y dando golpes con los martillos, parecían marcar con esos mismos golpes el radiante ritmo de: «Yo también haré algo, y disfrutaré con la labor...».

Más arriba, en una parte algo más oculta de la ladera, dimos con otra pequeña construcción. En esta ocasión se trataba de un cobertizo de madera con un techo abierto que cubría un altar con velas y flores. En este lugar daba misa uno de los sacerdotes del regimiento. Su congregación se arrodillaba entre los troncos de los abetos, dando vida así a la vieja metáfora del bosque como templo. Cerca de allí estaba el cementerio, donde, día tras día, estos hombres pausados y ya casi ancianos enterraban a sus compañeros, esos *pères de famille* que no volverían ya a sus casas. El cuidado de este cementerio del bosque se deja enteramente en manos de los soldados, que depositan toda su compasión y humanidad sobre las inscripciones y los adornos de las tumbas. Llevan flores frescas recogidas en los valles para depositarlas allí, y, cuando se va algún compañero especialmente predilecto, dado que los hombres desprecian las ofrendas efímeras, compran entre todos una corona gigantesca e indestructible con cintas blasonadas.

Se acercaba el atardecer, y muchos soldados paseaban por los senderos abiertos entre las tumbas.

—A estas horas, es por donde más les gusta pasear —me dijo el coronel. Se detuvo un instante para observar una tumba cubierta de pequeños óbolos, redondeados y brillantes: estábamos ante la tumba del último de los caídos—. Mencionaron su nombre en el orden del día —me explicó el coronel. Los soldados que estaban más cerca de nosotros nos miraron con orgullo, como si compartieran el honor concedido a su compañero y como si, además, quisieran asegurarse de que nosotros entendíamos cuál era el motivo de ese orgullo.

—Y ahora que ya han visto las trincheras de segunda línea —dijo nuestro capitán de chasseurs—, ¿qué les parecería echar un vistazo al auténtico frente de batalla?

Le seguimos por la colina hasta llegar a un emplazamiento más elevado, donde nos sumergimos en una profunda zanja cubierta de tierra roja: el «intestino» que nos llevaría hasta la primera línea. Seguimos ascendiendo, bajo los húmedos abetos, y, a continuación, giramos, cruzamos la cima de la colina y, a partir de ahí, comenzamos a descender zigzagueando por curvas muy acusadas, en dirección al otro lado de la cumbre. Bajamos con dificultad, en fila india, con la barbilla al nivel de la parte más alta del pasadizo, observando cómo la verde y cercana espesura se cernía por encima de nosotros. El «intestino» siguió descendiendo de una manera cada vez más pronunciada hasta desembocar en un profundo barranco, y, de pronto, tras doblar una curva, nos encontramos ante un paisaje cubierto de abetos, sobre el que se recortaba la figura de un soldado que nos daba la espalda, y que tenía los ojos pegados a una abertura realizada en una valla de cañas. Seguimos girando y pronto dimos con una nueva perspectiva; pero, en esta ocasión, quien mantenía la vigilancia sobre la hondonada era el ojo de hierro de la mitrailleuse. En ese instante nos hallábamos a unos cien metros de las líneas alemanas, ocultas, como las nuestras, al otro lado de aquella grieta. A medida que íbamos bajando, cada vez más y más, notábamos cómo el sigilo y la reserva de la escena, así como el odio que nos acechaba a tan poca distancia, hacían que el silencio que nos rodeaba quedara ahogado por el sonido de profundas y misteriosas palpitaciones. De repente, un ruido estridente irrumpió en la escena, desbaratándola: el impacto de una bala de fusil contra el tronco de un árbol a escasos metros del lugar en que nos encontrábamos.

—¡Ahí está! ¡Es el tirador! —exclamó nuestro guía—. Dejemos de hablar, por favor. Se esconde por allí, en alguno de aquellos árboles. Y, si oye voces, dispara. Algún día descubriremos en qué árbol se oculta.

Continuamos, ahora en silencio, hasta dar con varios soldados que estaban sentados en el saliente de una roca, en uno de los lugares donde el «intestino» se ensanchaba. Parecían muy tranquilos, como si en vez de en una trinchera, estuvieran esperando unas jarras de cerveza en alguno de los cafés del bulevar.

—No sigan avanzando, por favor —dijo el oficial, impidiéndome el paso.

Y me detuve.

Así pues, parecía que, por fin, habíamos llegado. Allí estábamos: literalmente en primera línea. Cuando fuimos realmente conscientes de ello, el corazón se nos aceleró un poco, pero lo cierto era que, a excepción de algún que otro disparo efectuado por nuestro arbóreo oyente, y de la inmóvil concentración que seguía manifestando el soldado que nos daba la espalda y que permanecía atento a lo que pudiera ver al otro lado del agujero perforado en la valla de cañas, no sucedía nada que nos indicara que, en realidad, estábamos allí, y no a veinte kilómetros de distancia del frente de batalla.

Quizá nuestro capitán de chasseurs tuviera el mismo pensamiento que yo, dado que, cuando vio que nos disponíamos a dar la vuelta, dijo con su tono de voz más cordial:

—¿De verdad quiere usted continuar? ¿Quiere avanzar un poco más? Está bien… Entonces, vamos.

Dejamos atrás a los soldados sentados en la roca, y continuamos descendiendo, con el máximo sigilo, hacia la parte más profunda del barranco. El tirador había dejado de disparar y ahora no se oía nada que pudiera alterar el frondoso silencio, con la única salvedad del sonido de una intermitente llovizna. Habíamos llegado al final de la madriguera, y el capitán me indicó que podía echar un vistazo, con mucho cuidado, a lo que quedaba justo al otro lado, al doblar la esquina. Miré, y vi una pradera de un intenso color verde debajo de mí, y, más allá, riguroso, un precipicio arbolado. Eso era todo. «Ellos» estaban allí, en aquel precipicio; si hubiéramos dado unos pocos pasos, habríamos podido salvar el breve espacio que nos separaba del enemigo. Sin embargo, todo se mantenía en un absoluto silencio, en medio de la paz del bosque. Por unos instantes, una vez más, se apoderó de mí la impresión de que nos acechaba el mal, omnipresente e invisible. Sentía que todo el paisaje se hallaba inmerso en un furtivo vitriolo de odio. Pero, casi al instante, reaccioné con una total incredulidad, y pensé que en realidad me encontraba en una simple cañada, bastante inofensiva, tratando de sobrevivir, al igual que millones de otras personas en este planeta apacible. Nos dimos la vuelta y comenzamos a ascender de nuevo, curva tras curva, por el interior del «intestino». Dejamos atrás a los soldados, que seguían sin hacer nada, la silenciosa mitrailleuse, y volvimos a dar con el vigilante adherido al orificio, que nos oyó llegar, dejo pasar al oficial, y, de inmediato, volvió la cabeza hacia mí con un gesto de comprensión:

—¿Quiere mirar?

Dio un solo paso para apartarse ligeramente de su mirilla. Desde aquel lugar que se inclinaba hacia las profundidades, pude captar una amplia perspectiva del barranco. Y allí, con un ojo pegado a un agujero abierto en una empalizada de hojas atadas entre sí, de repente, pude ver algo por fin… Vi, en lo más hondo de la inofensiva cañada, a medio camino entre un precipicio y el siguiente, un uniforme gris que permanecía agazapado entre un montón de muertos.

—Lleva días ahí. No pueden bajar a buscarle —dijo el vigilante, que volvía a pegarse al orificio.

Y casi sentí alivio al descubrir que, después de todo, sí que había un enemigo tangible oculto allí abajo, al otro lado de la pradera.

Cuando regresamos al punto de partida, en la ciudad subterránea, ya se había puesto el sol. Los chasseurs-a-pied se dedicaban a vagar por los márgenes de la carretera, sin hacer nada, o a reunirse en distintos grupos en torno al coche para cuchichear. Hacía mucho tiempo que no veían rostros procedentes del otro lado: ese lado que habían abandonado hacía ya casi un año, y al que no se les había permitido regresar ni un solo día. Y, a pesar de todas sus bromas y del buen humor que demostraron en todo momento, la despedida que nos brindaron estuvo teñida por la nostalgia. A pesar de todo, la impresión que nos llevamos fue la de que esta fugaz remembranza del mundo que habían dejado atrás pasaría ante ellos como si se tratara de un sueño, y que, sin demasiado esfuerzo, sus pensamientos se dirigirían de nuevo, de inmediato, hacia la única realidad que tenían ante los ojos: la de que estaban allí para defender su pequeño pedazo de Francia.

No resulta sencillo explicar la razón por la que cualquiera que haya estado en el frente, aunque haya sido por poco tiempo, aprecia de inmediato la acusada determinación del soldado francés. Tal vez no se trate tanto de lo que dicen los soldados como de lo que se advierte en su mirada. Una mirada que no cambia jamás. Incluso en los momentos en que aceptan los cigarrillos de los demás o se dedican a intercambiar chistes sobre su vida en las trincheras… Aunque podamos pillarles desprevenidos, la mirada sigue ahí. Una mirada que nos persiguió en nuestro descenso por la montaña, entre la penumbra de los bosques. Charlamos, mientras bordeábamos el barranco abierto entre los dos ejércitos, acerca de la idea de que en el extremo más alejado de esa línea divisoria se hallaban los hombres que habían hecho la guerra mientras que, en el más cercano se hallaban los que se habían forjado en ella.

****

EN EL NORTE

19 de junio de 1915

Nos encontrábamos en el camino que lleva de Doullens a Montreuil-sur-Mer. Era una magnífica tarde de verano. La carretera transcurría entre setos cubiertos de polvo, ahogados, literalmente asfixiados, por el paso masivo de las tropas de todos los ejércitos que avanzaban hacia el oeste. De vez en cuando se producía una pequeña interrupción en el torrente de tropas, y entonces nuestro coche podía zafarse y avanzar un poco. No obstante, lo habitual era que la marcha de nuestro vehículo se viera interrumpida cada pocos metros, y que debiéramos detenernos ante un nuevo ensanchamiento de la riada de soldados. En cuestión de segundos nos vimos expulsados a la cuneta, donde nos rodeó tal cantidad de polvo que nos pareció estar inmersos en una extraordinaria nube de irrealidad. El polvo era sofocante, pero lo que alcanzamos a ver a través de él resultó prodigioso.

De pie en el coche, al mirar hacia atrás, vimos cómo el río de la guerra serpenteaba hacia nosotros. La caballería, la artillería, los lanceros, la infantería, los zapadores y minadores, los hombres que cavan las trincheras, los que abren las carreteras, los camilleros… Todos ellos avanzaban calmosa, pausadamente, casi como si hubieran recibido un permiso de vacaciones. Filtrándose a través del polvo, el sol consiguió captar el centelleo de las lanzas y el resplandor de los flancos de los caballos; iluminó, fila tras fila, los voluntariosos rostros de los hombres, y descubrió en los ya tan raídos uniformes el último indicio de lo que en su momento fue dorado; consiguió envolver en plata el triste color gris de las mitrailleuses y de los vagones de armas y municiones. Los soldados marchaban tan juntos que arrojaban una imagen alegóricamente espléndida. Nos pareció percibir, bajo la cúpula del atardecer, cómo el ejército francés al completo avanzaba directamente hacia la gloria.

Cuando el último destacamento se quedó atrás, observamos que, por fin, disponíamos de toda la carretera para nosotros. La mano perversa de la guerra no había tocado los campos de Artois: los caseríos, con sus tejados recubiertos de paja, dormitaban entre jardines repletos de rosas y malvarrosas, y los setos que se elevaban por encima de los estanques de patos se curvaban bajo el peso de los mantos de flores más antiguas. Vimos por todos lados cómo los bosques se extendían más allá de los numerosos trigales, que se mecían bajo una luz alegre y vivaz; una luz que parecía traer consigo la fresca brisa del Atlántico. La carretera ascendía y descendía, y los movimientos de nuestro coche por ella semejaban los de un barco en su afán por superar el oleaje de un mar de aguas profundas. Percibíamos a nuestro alrededor tal cantidad de luz y de horizontes abiertos, nos pareció tan evidente que el velo de belleza que envolvía todo aquello debía envolver también el mundo entero, que la anterior imagen de los ejércitos se fue haciendo cada vez más fabulosa y más épica en nuestra memoria.

Ya se había puesto el sol y una penumbra oceánica empezaba a caer sobre nosotros cuando emprendimos el camino que llevaba desde el pueblo de Montreuil hasta el valle que quedaba más abajo, y en el que destacaban, por encima de los huertos cultivados en terrazas, las torres de una antigua abadía. Hallamos las puertas, situadas al final de la avenida, completamente abiertas, y entramos con el coche en el interior del patio del monasterio, repleto de arbustos de boj y de rosas. Todo era dulzura y aislamiento en aquel emplazamiento medieval… Desde los claustros a media luz y los corredores rematados con arcos, comenzaron a emerger distintos grupos de monjas, completamente vestidas de negro o bien completamente vestidas de blanco, que caminaban hacia nosotros mirándonos detenidamente, con ojos escrutadores. Era como si hubiéramos hecho un viaje en el tiempo y nos hubiéramos sumergido en un siglo en el que no se conocieran los vehículos a motor, por lo que nuestro coche tendría para ellas el aspecto de un terrible monstruo surgido de un barco naufragado, procedente de las costas de Berbería. No obstante, la actitud alerta de esas santas mujeres hacía honor a su pretendido sentido de lo pintoresco, ya que la Abadía de Neuville era ahora un gran hospital belga, y otros monstruos similares al nuestro debían de circular con mucha frecuencia por ese mismo patio, interrumpiendo su aislamiento.

El atardecer, la penumbra del verano y la luna… Bajo las ventanas del monasterio había un jardín vallado, que disponía de pabellones de piedra en los rincones y desde el que nos llegaba el sonido de una fuente. Debajo de él, distintos niveles de cultivos dispuestos en terrazas que se diluían en su descenso hacia una gran llanura, confusa bajo la luz de la luna, y que podría ser campo o que podría ser, tal vez, el mar…

20 de junio

Hoy nos hemos dirigido hacia el noreste y hemos atravesado un paisaje tan inglés que no nos ha parecido nada incongruente encontrar ciertos toques de caqui dispersos por la carretera. Incluso los pueblos mostraban un marcado aspecto inglés: el mismo ladrillo de color rojo ciruela para unas casas bien cuidadas, solemnes, pulcras, recatadas y recién pintadas, con sus jardines llenos de flores, y plagados de setos y de sauces bien regados gracias al agua que discurre, canalizada, por ellos. Por otro lado, la gente tiene un rostro cuadrado, rosado y sincero; y los carteles que se sitúan sobre las puertas de las tiendas están en un idioma a medio camino entre el inglés y el alemán. Sólo la arquitectura de esos pueblos sigue siendo manifiestamente francesa; cierto que con algunos detalles propios de un carácter norteño más recio y reservado, pero, en cualquier caso, perteneciente a la misma tradición.

La guerra parecía tan lejana que, mientras el coche seguía recorriendo kilómetros y kilómetros de ondulantes caminos, encontrábamos tiempo para digresiones como estas. Pero pronto llegamos a un campamento de aviación, cuyas naves se extendían a lo largo de una amplia meseta. Aquí pudimos ver más uniformes de color caqui, y nos dio la impresión de que el familiar ajetreo militar lograba animar el paisaje. A pocos kilómetros nos encontramos en lo que tenía todo el aspecto de ser un gran pueblo inglés que se hubiera ido constituyendo, de forma un tanto anecdótica, en torno a un núcleo central de iglesias francesas. Estábamos en Saint-Omer, un lugar gris, espacioso, impasiblemente limpio en su desolación de domingo. Había centinelas ingleses apostados en los cruces de carretera para dirigir, de un modo mecánico, un tráfico que no existía, y sus gestos recordaban a los que podríamos ver en el mismísimo Piccadilly. Además, los símbolos de la Cruz Roja británica y de la Saint John Ambulance colgaban de las fachadas de unos locales que presentaban todas las características propias de un club; tanto, que podrían haber exigido que se les hiciera un hueco en cualquier rinconcito de Pall Mall.

Al salir del pueblo nos dimos cuenta de que el aire inglés que lo impregnaba todo quedaba enfatizado, además, por el aspecto de los paseantes que recorrían los puentes del canal y los caminos cercanos. Cada nación tiene su propia manera de perder el tiempo, y si hay algo en lo que ingleses y franceses se diferencian es precisamente en eso. Aunque todos esos jóvenes tan altos no hubieran llevado un uniforme de color caqui, y aunque las chicas que caminaban a su lado no hubieran tenido un aspecto tan sonrosado y rural, habríamos reconocido en un solo vistazo esa manera tan pasiva y propia del norte de dejar que un día vacacional se escurra entre los dedos en lugar de apretarlo y exprimirlo con manos ansiosas para poder así extraer de él todo su jugo.

Cuando salimos de Saint-Omer y nos dirigimos hacia el oeste atravesando los mismos pastos y los mismos cursos de agua, vimos dos colinas que se alzaban en la llanura. En lo más alto de una de ellas se levantaban los muros y las torres de un pequeño y compacto pueblo medieval. A medida que fuimos ascendiendo por la sinuosa carretera que llevaba hasta la cima, sentí que la impresión de hallarme en un lugar muy próximo al Canal de la Mancha empezaba a ser sustituida por la más vívida impresión de estar en Italia. El pueblo al que nos acercábamos bien podría haber sido el resultado de una curiosa mezcolanza ideal entre Winchelsea y San Gimignano, aunque lo cierto es que, cuando cruzamos las puertas de Cassel, comprendimos que habíamos llegado a un lugar tan intensamente característico y único que sobraba cualquier analogía.

No nos extrañó leer en nuestra guía que, de toda Europa, Cassel era el pueblo que gozaba de mejores vistas. Advertimos de inmediato que aquel lugar difería de todos los demás en cuanto a lo muy acusado de su marcada idiosincrasia, y estábamos casi seguros de que la guía también nos diría que, en cualquier otro aspecto, Cassel reunía las mejores cualidades imaginables. Y ese horizonte tan ilimitado era justamente lo que la población necesitaba para contrarrestar su pequeño tamaño.

El hotel en que nos íbamos a alojar estaba situado en la más perfecta de las plazas. Ésta no era muy grande, pero contaba con un ayuntamiento de estilo renacentista y con un palacio español en miniatura que mostraba una fachada de ladrillo rosado con tallas de color gris. La plaza estaba llena de vehículos del ejército inglés y de ágiles caballos inquietos. El restaurante del hotel —que tenía unas vistas bastante afortunadas al palacio rosa y gris— rebosaba de bebedores de té vestidos de caqui que le daban la espalda con pasmosa indiferencia a las vistas más amplias de toda Europa. Una de las cosas más detestables de la guerra es que le aporta a todo lo que, de una manera u otra, se ve relacionado con ella —a excepción, claro está, de la muerte y de la destrucción— un engrandecimiento tan magistral que hace de cualquier motivo algo visualmente estimulante y absorbente. «Es alegre y terrible a la vez», dice la famosa frase de Guerra y paz. Y en Cassel la alegría de la guerra se notaba por doquier, haciendo que un pequeño pueblo anodino se transformara en un romántico escenario marcado por el fogonazo de las armas y por la viril animación de todos aquellos rostros jóvenes.

Desde un parque situado en lo alto de la colina, percibimos un paisaje bastante distinto. Todo a nuestro alrededor era llanura, y sus límites, muy distantes, se fundían en una bruma procedente del norte. A través de la bruma, bajo el brillo del sol de la tarde, pudimos ver cómo otros pueblos lejanos y algunas torres imprecisas se sumían en lo que parecía ser la tranquilidad del verano. Por un momento, mientras contemplábamos el horizonte, la visión de la guerra pareció arrugarse ante nuestros ojos, como si se tratara de un velo pintado y, entonces, captamos los nombres que pronunciaban unos soldados ingleses que, a nuestro lado, se habían inclinado sobre el parapeto.

—Eso es Dunkerque —señaló con su pipa uno de ellos—. Y allí está Poperinge, justo debajo de nosotros. Más allá están Furnes, Ypres, Dixmude y Nieuport…

Con la mención de aquellos nombres la escena se oscureció de nuevo, y sentimos cómo pasaba por encima de nosotros el ángel del abismo sin fondo.

Esa noche fuimos una vez más hasta el mirador de Cassel. Había luna llena y, dado que a los civiles no se les permitía salir solos por la noche, nos acompañó un oficial del Estado Mayor que nos mostró las vistas desde el tejado del abandonado casino, situado en lo más alto de la colina. Tuve la más extraña de las sensaciones al abrir una puerta de cristal y descubrir que nos encontrábamos en una sala pintada de un color elemental, llena de soldados que dormían bajo la luz de la luna y sobre unos suelos perfectamente pulidos, con los petates apilados sobre las mesas de juego. Pasamos por un gran vestíbulo, entre más soldados tendidos en la penumbra, y subimos por una larga escalera hasta llegar a la azotea, donde un vigilante nos impidió el paso en un primer momento, aunque luego nos dejó llegar hasta el borde del parapeto. Justamente debajo de nosotros yacía la población en sí, que parecía una masa sin iluminar. Hacia el noroeste había una única colina escarpada, el Mont des Cats, que se recortaba contra el cielo. Y el resto del horizonte se mantenía intacto, flotando sobre la neblinosa luz de la luna. El contorno de los pueblos devastados había desaparecido, y la paz parecía haberse adueñado del mundo entero. Pero, mientras estábamos allí, vimos cómo unos fogonazos de color rojo comenzaban a refulgir entre la niebla, en un punto lejano del horizonte, hacia el noroeste, y luego otros y otros más, que resplandecían en diferentes puntos de la extensísima superficie.

—Arrojan bombas luminosas por las líneas —nos explicó nuestro guía.

Y justo entonces, en otro punto, una luz blanca se abrió como una flor tropical. A continuación se expandió hasta llegar a la plena floración y, por último, volvió a replegarse sobre sí misma, en la oscuridad de la noche.

—Una bengala —nos dijeron.

Un poco más abajo, en la distancia, floreció una nueva flor blanca. A nuestros pies, los tejados de Cassel dormían su sueño provinciano; la luz de la luna se posaba sobre cada una de las hojas de los jardines. Y, mientras, a lo lejos, por encima de un horizonte de muerte, continuaban abriéndose y cerrándose aquellas flores infernales.

21 de junio

Estamos en la carretera que transcurre entre Cassel y Poperinge: calor, polvo, tropas, confusión... Se despliega ante nosotros lo más sombrío y sórdido de la retaguardia bélica. El camino que atraviesa la llanura discurre entre setos cubiertos de un polvo blancuzco, y apenas queda espacio libre para poder transitar entre las innumerables furgonetas, los vagones de suministros y las ambulancias de la Cruz Roja. En cualquier caso, entre todo ello consiguen abrirse paso los destacamentos de la artillería británica, con sus estrepitosos vagones llenos de armas, las rectas figuras de los jóvenes a lomos de sus lustrosos caballos, las hileras de más jóvenes que avanzan como estatuas de Fidias, tan cándidamente hermosos que cabe preguntarse cómo habrán podido enfrentarse al rostro de Medusa, que es la guerra, y, aún así, haber sobrevivido. Los hombres y las bestias, a pesar del polvo, parecen limpios y aseados, como si acabaran de darse un baño. Por todas partes a lo largo del camino hallamos campamentos improvisados, con tiendas de campaña hechas con las lonas que cubren los vehículos. En ellos, las incesantes labores de limpieza se llevan a cabo con minuciosa meticulosidad. Las camisas se secan en los arbustos de saúco, las teteras hierven sobre las hogueras, los hombres se afeitan, lustran sus botas, limpian sus armas de fuego, almohazan a sus caballos, engrasan sus monturas, pulen sus estribos y el resto de sus pertenencias... Por todos lados advertimos una lucha optimista y generalizada contra el polvo imperante y contra la incomodidad y el desorden. De vez en cuando vemos cómo un joven soldado se apoya en la empalizada de un jardín para hablar con una chica entre las malvarrosas, o cómo un soldado más maduro inicia a un grupo de niños en algunos de los misterios de las tareas de limpieza en el ejército. Y en todas partes apreciamos la misma expresión de un entendimiento amistoso aunque inarticulado con los propietarios de aquellos terrenos y jardines.

De la carretera atestada pasamos al vacío de la desierta Poperinge, y, desde allí, partimos de nuevo, rumbo a Ypres. Más allá de las llanuras y de los molinos de viento, a la izquierda, se encuentran las invisibles líneas alemanas, y el oficial del Estado Mayor que viaja con nosotros se inclina hacia nuestro chófer para advertirle:

—Desde este mismo instante y hasta que lleguemos a Ypres, no toque el claxon.

Aún había movimiento en la carretera, aunque mucho menos, con menos tropas, que en las proximidades de Poperinge. No obstante, al dejar atrás el último pueblo, y cuando nos acercábamos a un grupo de pequeñas casas que, alineadas, se alzaban ante nosotros, comenzamos a percibir cómo el silencio y el vacío se adueñaban nuevamente de todo. Ese grupo de casas era Ypres. Si alguna vez había existido un monumento que hubiera podido diferenciar aquel lugar del resto, que le hubiera aportado una silueta propia y característica, había desaparecido. Se trataba, por tanto, de un pueblo que no destacaba sobre el horizonte.

El coche se deslizó por una zona de pequeñas casas de ladrillo, y se detuvo al amparo de unos edificios más altos. Otro vehículo militar esperaba también allí. El chófer había salido en busca de reliquias por las casas demolidas.

Bajamos del coche y caminamos hacia el centro del mercado de telas. Hemos estado en otros pueblos que han sido evacuados —Verdún, Badonviller, Raon-l'Étape— pero nunca habíamos visto una desolación como la que imperaba en aquel lugar. No había un solo ser humano en la calle. Hileras enteras de casas se cernían sobre nosotros y parecían contemplarnos desde unas ventanas a las que no se asomaba nadie. El sonido de nuestros pasos retumbaba con el eco que podría producir toda una muchedumbre, y, aunque bajáramos el tono de voz, nos parecía que gritábamos. En una calle dimos con tres soldados que sacaban un piano de una casa para, a continuación, subirlo a una carretilla. Al vernos se detuvieron y se quedaron mirándonos. Nosotros no bajamos los ojos, y les devolvimos la mirada. ¡Parecía que hubieran transcurrido siglos desde la última vez que vimos a otro ser vivo! Uno de los soldados se acercó a la carretilla y comenzó a arrancarle una melodía al maltrecho teclado. Todos nos echamos a reír aliviados al escuchar el absurdo sonido que el soldado lograba extraer de aquellas teclas. Al rato empezamos a andar, y nos quedamos solos de nuevo.

Hemos visto otros pueblos en ruinas, pero ninguno como éste. Los pueblos de Lorena fueron arrasados, incendiados, borrados deliberadamente de la faz de la tierra. En el peor de los casos, parecían meros depósitos de piedra; en el mejor, eran como Pompeya. Pero Ypres había sido bombardeado de una manera atroz. Los muros exteriores de las casas aún se alzaban en pie, por lo que, en la distancia, el pueblo parecía seguir con vida. Pero, al acercarnos, descubrimos que se trataba en realidad de un cadáver al que le habían arrancado las tripas. Todos los cristales de todas las ventanas estaban rotos, casi todos los tejados habían desaparecido, y algunas fachadas presentaban una fractura limpia y abierta, con lo que quedaban a la vista las distintas historias que se habían ido tejiendo dentro, componiendo lo que parecía un escenario dispuesto para la representación de una farsa. En esos interiores expuestos, los pobres y pequeños dioses del hogar se estremecían y parpadeaban como búhos sorprendidos en un árbol hueco. Quedaban allí cientos de señales de lo que había sido la intimidad de una familia, de sus humildes gustos, de sus actividades rutinarias, de las reuniones que habían mantenido… Vestigios que se aferraban a unos muros que ahora habían sido desenmascarados. Las fotografías enmarcadas parecían quedar difuminadas entre los dondiegos de día de los papeles pintados; los santos de yeso penaban bajo sus campanas de cristal; los antimacasares colgaban de los sofás de felpa; amarillentos diplomas mostraban sus sellos sobre las paredes de los despachos… Todo resultaba tan familiar y todo parecía estar tan tranquilo, que daba la impresión de que la gente para quien todos aquellos objetos tenían algún significado podría regresar en cualquier momento y retomar su quehacer diario. Y entonces… ¡De nuevo el enorme estrépito! Comenzaba la actividad de los cañones. Una descarga tras otra a lo largo de las líneas inglesas, y toda aquella pobre y débil colección de objetos que había contribuido a cimentar la vida de todo un pueblo, ahora aniquilado, empezó a oscilar ante nosotros en medio de aquel estallido mortal.

Acabábamos de llegar a la plaza que se abría ante la catedral, cuando de repente comenzó el cañoneo. Su rugido pareció construir una techumbre de hierro que se extendería por encima de las gloriosas ruinas de Ypres. La singular peculiaridad del lugar consistía en que podía haber quedado completamente destruido, pero no humillado. Los muros de la catedral, la gran mole del mercado de telas, aún se elevaban sobre la plaza con una majestuosidad que parecía querer acallar cualquier tipo de compasión. Al contemplar las fachadas de esos edificios, alzándose tan orgullosas entre las ruinas, recordamos la frase que utilizó el ministro de asuntos exteriores belga poco después de la caída de Lieja: La Belgique ne regrette rien. Una frase que algún día, cuando la población finalmente se recupere, debería servirle de lema.

Íbamos a dar la vuelta para marcharnos, cuando percibimos un runrún por encima de nuestras cabezas y, a continuación, una descarga de la mitrailleuse. Muy arriba, en el cielo, un avión alemán sobrevolaba el centro de aquel paraje ya demolido, y, a su alrededor, una enorme confusión blanca de metralla estallaba en el cielo estival como si se tratara de la milagrosa nevada de la leyenda italiana. La metralla ascendía más y más, siguiendo la pista del Taube, que continuaba volando sobre nosotros cada vez más rápido. Hasta que tanto presa como partida de caza se desvanecieron en la neblina, y el rugido de la mitrailleuse se apagó hasta extinguirse. Así pues, salimos de Ypres rodeados de un silencio mortal tan denso como el que advertimos al llegar.

La tarde nos llevó de regreso a Poperinge, donde debíamos buscar unos almohadones con unos encajes especiales destinados a nuestros refugiados flamencos. Ese modelo en concreto resultaba imposible de conseguir en Francia, y me habían dicho —si bien con muy pocas e imprecisas pistas— que podríamos encontrar los almohadones en cierto convento de la ciudad. Pero ¿en cuál?

A pesar de que Poperinge no había sido demasiado golpeada por la guerra, estaba prácticamente vacía. Debido a la desolación tan pacífica y ordenada en que se encontraba, daba la impresión de hallarse bajo los efectos del hechizo de algún malvado mago. Fuimos de un barrio a otro en busca de alguien que pudiera indicarnos cómo llegar al convento que estábamos buscando, hasta que, finalmente, un transeúnte nos llevó a una puerta que parecía ser la correcta. Cuando llamamos se descorrieron los barrotes y vimos surgir un rostro que daba la impresión de llevar mucho tiempo enclaustrado. No… Allí no tenían ese tipo de almohadón. Y la monja no había oído hablar nunca de la orden a la que nos referíamos. Pero estaban los penitentes, los benedictinos… Podíamos seguir intentándolo. Nuestro guía se ofreció a mostrarnos el camino, y fuimos tras él. Así, vimos cómo emergían de una o dos ventanas los rostros llenos de asombro de las distintas monjas que se asomaban para luego desaparecer. Las calles seguían vacías. Por fin llegamos a un convento en el que no quedaba ninguna monja, pero en el que, según nos dijo el vigilante, sí había almohadones. Y muchos. Nos llevó por pasillos de color azul pálido, por frías escaleras, por habitaciones que olían a lino y a lavanda… Pasamos por una capilla con santos de yeso en hornacinas blancas que tenían debajo flores de papel. Todo era frío y vacío y uniforme: como un espíritu que hubiera perdido la memoria. Llegamos a un aula cuyos desocupados bancos se situaban frente a una Virgen con un manto azul, y más allá, en el suelo, hallamos montones de almohadones de encaje. Todos ellos presentaban una pequeña labor sin terminar; una labor que se había visto interrumpida cuando monjas y alumnos tuvieron que salir huyendo. En cualquier caso, no los habían dejado desordenados. Las monjas los habían dispuesto en filas uniformes, y habían dejado un pañuelo extendido sobre cada uno de ellos. Aquella paralización tan disciplinada de la vida cotidiana nos resultó más triste aún que cualquier otra escena de confusión y caos que hubiéramos podido presenciar. Simbolizaba el sinsentido de la interrupción de las actividades de toda una nación. Aquí había una casa llena de mujeres y de niños que ayer se dedicaban a realizar una tarea útil, y que ahora vagarían extraviados y sin rumbo. La mano que impulsaba el tiempo se había detenido, el corazón de la vida había dejado de latir, las fuentes de la esperanza, de la felicidad y la laboriosidad se habían secado en cientos de casas idénticas, en decenas, en cientos de pueblos. No se trataba ya de conseguir una gran victoria militar o de reducir la duración de aquella guerra, sino de que, allí donde se posara la sombra de Alemania, todo quedara podrido desde la misma raíz.

Aquella tarde vimos lo mismo por todas partes. La sombra del mal yacía sobre Furnes, sobre Bergues y sobre todas las pequeñas poblaciones intermedias. Alemania había querido que esos pueblos agonizaran, y había logrado que su maldición se derramara incluso sobre aquellos lugares en los que no habían caído las bombas. Sólo un lamento bíblico podría expresar con palabras la sensación que producía contemplar toda aquella región sin vida: «Vuestra tierra está desolada, vuestras ciudades incendiadas; ante vuestros propios ojos los extraños devoran vuestro suelo, que ha quedado desolado, como una tierra destruida por extranjeros».

Por la tarde, casi de noche, llegamos a la ciudad de Dunkerque, que se extiende pacíficamente entre el puerto y sus canales. El bombardeo del mes anterior había dejado el lugar deshabitado, y, aunque no hubiera signos visibles de los daños causados, sí percibimos de inmediato en el ambiente ese peculiar hechizo que parecía dominarlo todo. Nos sentamos, solos, a tomar el té en el vestíbulo del hotel situado en la place Jean Bart, y desde allí observamos el silencioso recinto con sus tiendas y sus cafés desiertos. Alguien nos sugirió que el hotel podría ser una cómoda base de operaciones para planificar las excursiones que teníamos previsto hacer, y decidimos regresar al día siguiente. A continuación subimos al coche y pusimos de nuevo rumbo a Cassel.

22 de junio

Mi primer pensamiento al despertar fue: «¡Cómo pasa el tiempo! ¡Ya debe de ser 14 de julio!». Naturalmente, sabía que no podía ser el día 4; estaba lo suficientemente despierta como para comprender que no estábamos en los Estados Unidos. Y también sabía que la celebración de la Fiesta Nacional francesa era el único acontecimiento capaz de provocar semejante algarabía en las calles. Me senté y escuché el sonido de los disparos, hasta que, por fin, empecé a ser consciente de cuál era la auténtica realidad, y comprendí que estaba en el Hostal del Hombre Salvaje, en Cassel, y que no era 14 de julio sino 22 de junio.

Entonces, ¿qué ocurría? ¡Por supuesto! ¡Un Taube! Y todos los cañones disparaban contra él con la intención de derribarlo. Cuando llegué a semejante conclusión ya me había puesto en pie, no sin cierta dificultad; ya había bajado las escaleras a toda prisa y, tras descorrer el cerrojo de la pesada puerta, ya había echado a correr hasta el centro de la plaza. Eran, más o menos, las cuatro de la mañana, el momento más beatífico y delicioso de un amanecer de verano, y, a pesar del tumulto, Cassel parecía seguir durmiendo. En la plaza apenas había unos cuantos soldados que miraban hacia el cielo para observar el lento desplazamiento de una nube blanca, detrás de la cual —según afirmaban— había desaparecido un Taube hacía unos segundos. Evidentemente, Cassel estaba acostumbrado a la presencia de los Taubes, y tuve la impresión de que mi reacción había sido excesiva. Comprendí que, en ese momento, mi presencia allí no terminaba de encajar. Así que, después de observar durante otro breve instante la nube blanca, regresé sigilosamente a mi hotel, un tanto avergonzada, atranqué la puerta, y subí a mi habitación. Me detuve en las escaleras para mirar al exterior por una de las ventanas, y desde allí contemplé los inclinados tejados del pueblo, los jardines, y, más allá, la llanura… De repente, se produjo otro estrépito y una nueva nube de humo blanco se elevó desde los árboles frutales que se hallaban justo debajo de la ventana. Se trataba de un último disparo contra el avión fugitivo, procedente de un cañón escondido en uno de aquellos tranquilos jardines que se alzaban entre las casas. El que allí hubiera un arma oculta me resultaba más alarmante que todo el bramido que pudieran producir las mitrailleuses desde la roca.

Cassel volvió a sumirse en la quietud y el sueño, aunque, una o dos horas más tarde, el silencio se quebró de nuevo con un estruendo semejante al que generaría la llamada de la última trompeta. Esta vez no se trataba de las mitrailleuses. El Hombre Salvaje se estremeció sobre sus propios cimientos y los cristales de mi habitación comenzaron a temblar. ¿Qué podía producir aquel sonido tan increíble? ¡Naturalmente! ¡No podía ser sino el clamor del gran cañón de asedio de Dixmude! Mientras terminaba de vestirme, el estruendo sacudió los cristales de mis ventanas cinco veces, y todo lo que se podía escuchar era un ruido comparable —si es que la imaginación humana puede soportar semejante estridencia— al que desencadenaría el cierre simultáneo de las persianas de hierro de todas las tiendas del mundo. Lo más chocante era que, en lo que respecta al Hombre Salvaje y a sus inquilinos, no parecía existir el más mínimo indicio de preocupación, y las actividades habituales como vestirse, hacer las maletas y tomar café siguieron su curso habitual, desarrollándose con normalidad durante los extraños paréntesis de calma que se abrían entre los terribles rugidos.

Salimos muy temprano hacia el cuartel general más cercano. Sería poco después de dejar atrás las puertas de Cassel cuando comenzamos a descubrir los primeros vestigios del bombardeo. Habían echado abajo una planta de gas, y un antiguo campo dedicado al cultivo de la col era ahora un inmenso cráter que, por algún tiempo, les ahorraría a los fotógrafos la molestia de escalar el Vesubio. Sentimos cierto alivio al comprobar que no había mucha relación entre aquel ruido tan horrible y los daños que éste había causado.

En el cuartel general nos dieron más datos acerca de los incidentes de la mañana. Dunkerque, al parecer, había recibido la visita del mismo Taube que, más tarde, se había dirigido hacia Cassel. Además, el gran cañón de Dixmude había descargado toda su ira sobre el puerto marítimo francés. El bombardeo de Dunkerque continuaba en todo su fragor, y se nos pidió, de hecho se nos ordenó, que renunciáramos a nuestro plan de pasar la noche allí.

Después del almuerzo nos dirigimos hacia el norte, hacia las dunas. Todas las aldeas que atravesamos habían sido evacuadas, y muchas de ellas estaban prácticamente vacías; otras, en cambio, habían sido ocupadas por las tropas. Pronto nos cruzamos con una serie de vehículos militares que habían estacionado en la carretera, y llegamos a una explanada que parecía haberse teñido de negro, invadida como estaba por las tropas motorizadas.

—¡El almirante Ronarc'h! —exclamó nuestro acompañante del cuartel general, y comprendimos al instante que habíamos tenido la buena fortuna de encontrarnos con el héroe de Dixmude mientras pasaba revista a los fusileros de la marina y a los soldados del ejército territorial, cuya magnífica defensa del pasado octubre había devuelto las esperanzas a una población tan sitiada.

Detuvimos el coche y subimos hasta la cima de una colina que se elevaba sobre la planicie. Soplaba un fuerte viento que traía consigo el retumbante sonido de los cañones en el frente. La luz del sol, velada a causa del polvo que flotaba en el aire, iluminaba las praderas, las arenosas llanuras, los grises molinos de viento. Todo estaba desierto, a excepción del puñado de tropas desplegadas ante los oficiales en los límites de la explanada. El almirante Ronarc'h, con guantes blancos y uniforme de gala, permanecía de pie, unos pasos por delante de la tropa, acompañado de un joven oficial de marina. Acababa de condecorar a sus fusileros y a los soldados del ejército territorial, que ahora desfilaban ante él, al ritmo de las cornetas mientras las banderas ondeaban al viento. Todos aquellos hombres tenían un completo historial de hechos heroicos, y todos ellos se habían enfrentado a horrores innombrables. Habían perdido Dixmude —al menos por un tiempo— pero habían ganado la gloria. Y su épica resistencia se había inspirado en la tranquila figura del oficial que permanecía allí ante nosotros, recto y serio, con sus guantes blancos y su uniforme de gala.

Es necesario haber estado en el norte para vislumbrar un pequeño fragmento de los gruesos lazos que, en esta región de amargas y continuas luchas, unen a oficiales y soldados. Lo que sienten los jefes por sus hombres raya casi en la veneración; y los soldados, por su parte, profesan una especie de ternura en cierto modo humorística hacia los oficiales que se han enfrentado a tantas vicisitudes con ellos. Este respeto mutuo se manifiesta de mil maneras distintas, todas ellas indefinibles, aunque quizá donde en mayor medida se aprecie sea en el tono que emplean los comandantes al pronunciar las dos palabras que más veces vemos dibujadas en sus labios: «Mis hombres».

Una vez finalizada la revista a los soldados, nos dirigimos al cuartel del almirante Ronarc'h, situado en las dunas, y, desde allí, tras una breve visita, nos conducen a otro de los cuarteles de la brigada. Nos hallamos en una región de montículos de arena aplanados por el tamarisco, entre los que se intercalan breves bosquecillos de álamos que se inclinan hacia el suelo como el trigo mecido por el viento. Entre estos exiguos matorrales, y por encima de las dunas, se elevan los techos de los bungalows propios de las zonas costeras. Nos detenemos ante uno de aquellos bungalows y entramos en un salón repleto de mapas y fotografías de aviones. Uno de los oficiales de la brigada llama por teléfono para preguntar si el camino a Nieuport está despejado, y la respuesta es que sí: podemos seguir.

Nuestro camino atravesaba el Bois Triangulaire, una porción de bosque expuesto a constantes bombardeos. La mitad de los árboles habían sido agujereados y derribados, y se podía apreciar el trayecto recorrido por los proyectiles en los tramos de ennegrecido sotobosque y en los hoyos de perfil irregular. Si los árboles de un bosque bombardeado son de fuerte crecimiento interior, sus troncos caídos presentan la majestuosidad de un templo en ruinas, pero había algo humanamente trágico en la fragilidad de los troncos del Bois Triangulaire, que yacían allí como en masacradas hileras de jóvenes soldados.

Tras recorrer unos cuantos kilómetros más llegamos a Nieuport, el más lamentable de los pueblos golpeados por la guerra. No está tan vacío como lo estaba Ypres: allí las tropas se acuartelaban en las bodegas, y, en cuanto se escuchaba el sonido de un motor acercándose, surgían del suelo montones de alegres zuavos, como hormigas salidas de su hormiguero. Pero Ypres se alzaba majestuoso en medio de la destrucción. El pobre Nieuport, en cambio, y de una manera truculenta, resultaba un lugar casi cómico. Una ciudad moderna había prosperado a partir de su magnífico núcleo de arquitectura medieval, y no había nada más extraño que ese contraste entre aquellas calles repletas de casas endebles, contrahechas y retorcidas como tirabuzones, y las ruinas de la catedral gótica y del mercado de telas. Era como pasar de los pedazos fragmentados de un juguete roto a los estragos causados por un cataclismo prehistórico.

El Nieuport moderno parecía haber muerto de un cólico. No encontramos una imagen menos fea para describir las contracciones y contorsiones que parecían sufrir aquellas casas al arquearse mientras trataban de adaptarse a la disposición de sus desesperadas chimeneas y agonizantes vigas. En ningún otro lugar del frente se podía encontrar una perspectiva como la que ofrecían las afueras de aquella ciudad. A la izquierda, una fila de casas mutiladas —como una procesión de mendigos obligados a avanzar sobre muletas— daba paso a las poderosas ruinas de la torre de los Templarios; a la derecha, las llanuras se extendían hacia los casi imperceptibles fragmentos de mampostería que una vez fueron Saint-Georges, Ramscappelle, Pervyse... Y, por encima de todo aquello, el incesante estruendo de las armas componía una caja de resonancia de acero.

Un proyectil había abierto, justo delante de la catedral, un cráter de unos diez metros de ancho. Troncos de árboles reducidos a astillas, arbustos quemados e indefinibles pilas de escombros se amontonaban de forma caótica por encima de la sima. Unos pasos más allá, en cambio, se hallaba el lugar más pacífico de todo Nieuport: el cementerio en el que los zuavos habían enterrado a sus compañeros. Los muertos yacían en hileras bajo uno de los laterales de la catedral, y sobre sus lápidas, cuidadosamente dispuestas, encontramos unas cuantas imágenes pías que los zuavos habían rescatado de entre las ruinas de las casas derribadas. Algunos, los más privilegiados, contaban con sus propios santos custodios y con sus propias Vírgenes de escayola que, en grupos, cubrían toda la losa. Y, para proteger a las Vírgenes más bellas y a los santos adornados con los colores más vivos, los soldados habían colocado sobre ellos las mismas campanas de vidrio que una vez sirvieron para preservar los relojes de mesa y las coronas de novia que se atesoraban en aquellas mismas casas arrasadas.

Dejamos atrás la triste población de Nieuport, y nos dirigimos hacia una pequeña colonia costera en la que, sorprendentemente, reina la alegría. Aquí los grandes hoteles y las villas adyacentes, que forman una hilera siguiendo la línea de la playa, están atestados de soldados que acaban de llegar de las trincheras para someterse a una de las «curas de reposo» del frente. Cuando llegamos, el regimiento au repos se encontraba reunido en una amplia zona de arena que se abría entre los principales hoteles. En el centro de aquel alegre grupo, tocaba la banda. El coronel y sus oficiales escuchaban la música de pie, y los soldados pronto irrumpieron con la desenfrenada chanson des zouaves. Resultaba de lo más extraño observar a todos aquellos hombres morenos y risueños, cada uno con su fez de color rojo, recortándose sobre el fondo de ese mar nórdico, en el que no brillaba el sol. Cuando cesó la música, alguien, con una Kodak en la mano, nos propuso una foto de grupo. Así que nos acomodamos en una de las terrazas del hotel, posamos, y, cuando la cámara ya nos había enfocado y estaba a punto de disparar, justo entonces, el coronel se giró e hizo que un soldado pequeño y sonriente, cuyo rostro estaba picado de viruela, se situara a nuestro lado, en primer plano.

—Acaba de ser condecorado. Tiene que estar en el grupo.

Se produjo entonces una aclamación generalizada por parte de los demás oficiales, seguida de una débil protesta por parte del héroe:

—¿Yo? ¡Imposible! ¡Con mi horrible careto se rompería la placa!

Naturalmente, eso no sucedió.

Con gran pesar, abandonamos aquel agradable paréntesis abierto en el triste recorrido del día, y pusimos rumbo a La Panne. Polvo, dunas, aldeas abandonadas… No recuerdo muchos más detalles de aquel viaje. Al atardecer llegamos a un enorme campamento que se extendía por la playa más larga que he visto en mi vida. Frente al mar se desplegaba un amplio paseo marítimo delimitado por la habitual hilera de viviendas insulsas, y, tras ellas, una única calle inundada de hoteles y tiendas. En La Panne parecía haberse refugiado toda la vida que había huido de la desértica región que acabábamos de atravesar. La extensa calle bullía con el movimiento de los soldados belgas que deambulaban con sus uniformes oscuros. Daba la impresión de que cada una de las tiendas estaba haciendo el negocio de su vida, y los hoteles eran como colmenas rebosantes de gente.

23 de junio

La Panne

La colmena en que nos alojábamos nosotros se hallaba en uno de los extremos del paseo marítimo, justo en el punto en que las barandillas de hierro y el asfalto se veían bruscamente interrumpidos por la arena y la hierba marina. Esa mañana, cuando miré por la ventana de mi habitación, sólo pude ver la interminable extensión de arena marrón que se anteponía al gris vaivén del Mar del Norte, y la figura solitaria de un centinela situado en la zona más elevada de las dunas. Pero pronto escuché el rumor de la música militar y vi cómo las tropas desfilaban por el paseo marítimo para encaminarse, más tarde, hacia la playa. La arena se extendía hacia el este y hacia el oeste, formando un gran «campo de Marte» en el que todo un ejército podría haber hecho maniobras. Era el lugar donde comenzaban los adiestramientos y los simulacros con que se ejercitaban los soldados de caballería e infantería por las mañanas. Los regimientos, con sus uniformes oscuros, parecían sombras recortadas sobre la arena marrón, y los jinetes, cabalgando en filas de a uno, traían a la memoria aquellos frisos negros de guerreros que adornaban el exterior de los terrosos jarrones etruscos. Los interminables ejercicios de las tropas continuaron durante horas, siguiendo las órdenes emitidas por los lamentos de las cornetas, y siempre bajo la solitaria mirada del centinela instalado en lo más alto de las dunas. A continuación, los soldados regresaron nuevamente al pueblo, y La Panne volvió a ser un bullicioso y típico bain-de-mer. No obstante, ese tipismo sólo era real en la superficie ya que, al recorrer el paseo marítimo, pudimos observar que el pueblo se había transformado en una ciudadela, y que todas aquellas viviendas que parecían casitas de muñecas, con sus ridículos hastiales y sus aún más ridículos nombres —«Alga Marina», «La Gaviota», «Mon Repos», y así sucesivamente—, constituían en realidad una continuada hilera de cuarteles abarrotados de soldados belgas. En la calle principal había cientos de soldados que paseaban en parejas, charlaban en grupo, corrían alegremente de un lado a otro y forcejeaban entre sí como niños de colegio, o bien regateaban en las tiendas en busca de objetos hechos de conchas y de colecciones de postales que poder llevarse como souvenirs. Y, entre los uniformes de color verde oscuro y carmesí aparecía, con bastante frecuencia, algún toque de caqui, o el esporádico color azul claro de la guerrera de algún oficial francés.

Antes del almuerzo nos dirigimos a Dunkerque. El camino se extendía a lo largo del canal, entre espaciosos campos de hierba y prósperas aldeas. Con la única salvedad de la propia carretera, atestada de furgonetas, tropas y ambulancias, no pudimos encontrar indicios de que la guerra hubiera golpeado aquella zona con mano especialmente dura. Los muros y las puertas de Dunkerque se alzaban ante nosotros con la misma calma y la misma imperturbabilidad con que nos recibieran dos días antes. Pero, una vez franqueadas las puertas, nos encontramos en un verdadero desierto. El bombardeo había cesado la noche anterior, pero un silencio mortal se había apoderado del lugar. No había una sola casa que no hubiera sido clausurada, y las calles estaban vacías. Fuimos a la place Jean Bart, donde solamente dos días antes nos habíamos sentado para tomar el té en el vestíbulo del hotel. Ahora, en las ventanas que daban a la plaza no quedaba un solo cristal. Las puertas del hotel estaban cerradas, y de vez en cuando aparecía alguien con un canasto entre los brazos, en el que transportaba el yeso de los techos derribados. Toda la plaza estaba literalmente pavimentada con los pedazos de los cristales procedentes de los cientos de ventanas destrozadas. A los pies de la estatua de Jean Bart, obra de David, justo en el mismo lugar donde habíamos aparcado el coche mientras tomábamos el té, el gran cañón de Dixmude había abierto un agujero tan grande como el cráter de Nieuport.

Aunque todas las casas de la plaza habían quedado intactas, la escena era una de una desolación absoluta. Era la primera vez que veíamos las heridas recién abiertas de un bombardeo, y el hecho de que los estragos fueran tan recientes parecía acentuar su crueldad. Bajamos por la calle que quedaba detrás del hotel hasta llegar a la exquisita iglesia gótica de Saint-Éloi, una de cuyas naves había quedado destrozada. A continuación, tras girar otra esquina, fuimos a dar a un pobre edificio bourgeois cuya fachada había quedado completamente arrancada. Resultaba mucho más sórdido y doloroso ver aquellos suelos hundidos, los armarios hechos pedazos, las camas colgando en el vacío, las mantas apiladas, y las sillas, las estufas y los lavabos patas arriba, que contemplar las heridas infligidas a la iglesia. Saint-Éloi quedaba envuelta en la dignidad del martirio, pero aquella pobre casa hacía pensar en la existencia de algún ser tímido y normal que, de repente, viera su vida expuesta bajo la deslumbradora luz de una gran desgracia.

Pequeños grupos de personas contemplaban las ruinas o se dedicaban a caminar, extraviadas, por las calles, sin rumbo fijo. No se oía una sola palabra. Nadie hablaba en voz alta. El aire parecía más denso, como si aguantara la respiración de una gran ciudad que ha paralizado sus actividades cotidianas. La desolada quietud de Dunkerque resultaba más opresiva aún que el silencio mortal de Ypres. Pero, cuando regresamos a la place Jean Bart, advertimos que el inquebrantable espíritu humano había comenzado a reafirmarse una vez más. Unos niños jugaban en el fondo del cráter, recolectando «muestras» de cristal y de ladrillo fragmentado, y, a un lado de la plaza, los comerciantes habían empezado a instalar de nuevo sus puestos de madera, en silencio y asumiendo que aquello era lo normal, lo que debían hacer. En pocos minutos, los estragos causados por los alemanes quedarían ocultos tras los objetos de loza y tras los utensilios para el hogar; y algunas de aquellas pálidas mujeres que momentos antes contemplaban, desconsoladas, las ruinas, comenzarían a regatear para ajustar los precios de una cacerola o de una tarrina de mantequilla con la misma firmeza de siempre. La actitud del francés medio que vivía cerca del frente y que no era militar, sino civil, me hacía recordar no una sola vez, sino cientos, el valiente grito de Calantha en The Broken Heart: «¡Dejadme morir sonriendo!». Me habría gustado parar allí y gastar todo mi dinero en el mercado de Dunkerque.

Vagamos toda la tarde por La Panne. Las maniobras de las tropas habían comenzado de nuevo, y el despliegue de aquellas interminables y oscuras formaciones por la playa era de una belleza francamente extraña. La luz del sol nos llegaba velada, y las enormes olas iban y venían azotadas por el fuerte viento del norte. Cuando comenzaba a caer la tarde, el mar adquirió los fríos tonos del jade, del gris perla y de la plata oxidada. A lo lejos, una misteriosa flota de embarcaciones de pesca, con sus negras velas hinchadas por el viento, parecía haber encallado en la arena; y los jinetes que galopaban a su alrededor, también de negro, como surgidos de alguna fabulosa leyenda nórdica, parecían haber descendido de ellas para cabalgar hacia el atardecer. Poco después, un montón de cornetas ocuparon sus puestos al borde del mar, mirando hacia el interior y dejando que la espuma del oleaje les mojara los pies, y comenzaron a tocar. Su llamada era como la del cuerno de Roldán, cuando finalmente se decidió a usarlo en el desfiladero contra los infieles. En lo más alto de la duna que quedaba debajo de mi ventana, el solitario centinela seguía vigilando.

24 de junio

Era como descender de las montañas para abandonar el frente. La sensación nunca había sido tan intensa como aquella tarde, cuando salimos de Bélgica. Y fue mucho más intensa aún cuando pasamos por delante de un montón de casas aisladas en medio de una región estéril, en la que únicamente había hierba marina y arena. En el interior de una de aquellas casas, dos corazones que situaríamos en el escalón más alto de lo que puede llegar a ser la constancia humana, mantuvieron durante casi un año una luz encendida para guiar al mundo. Resultaba imposible pasar por delante de aquella casa sin sentir una profunda emoción. Gracias a la luz que de allí emanaba, las esperanzas perdidas habían vuelto a recuperarse, las convicciones debilitadas habían ganado fuerza, los ánimos exaltados se habían convertido en constancia, y esa constancia había hecho que el ánimo siguiera exultante. En el puerto de Nueva York hay una solemne estatua que representa a una diosa que sostiene una antorcha. Se la ha bautizado como «La Libertad iluminando al mundo». Creo que la leyenda que aparece en su pedestal podría trasladarse perfectamente, por el momento, al dintel de esa casa situada entre las dunas.

Al salir de Saint-Omer, tomamos un atajo hacia el sur por un terreno ondulado y tremendamente irregular. Fue una suerte el que decidiéramos abandonar la carretera principal, ya que muy pronto vimos cómo se aproximaba hacia nosotros, desde la cima de una colina, un numeroso grupo de tropas indias y británicas. La plateada luz del sol caía a raudales sobre los campos de trigo, sobre los bosques y sobre el montañoso horizonte azul, y, en medio de aquel impresionante resplandor, observamos cómo se acercaba, solemne, la caballería. Ante nosotros pasaron, uno tras otro, los distintos regimientos, y pudimos distinguir así los rostros de aquellos esbeltos indios con turbante que, delicados y orgullosos, evocaban los rostros de los príncipes de las miniaturas persas. Luego le llegó el turno a la larga columna de la artillería: espléndidos caballos, cureñas que producían el traqueteo habitual, jóvenes ingleses de tez clara que galopaban ante nosotros, radiantes bajo el sol crepuscular… Aquel despliegue parecía no tener fin. Cierto es que, de vez en cuando, debían detener su marcha para cederle el paso a una caravana de ambulancias y de furgonetas cargadas de suministros, o bien porque se quedaban atascados e inmovilizados en cualquier punto de alguna calle sinuosa y estrecha al atravesar algún pueblo. En aquellos lugares, los niños y las niñas salían con ramos de flores en las manos, y los panaderos les vendían panes calientes a los encargados del aprovisionamiento de la tropa. En cualquier caso, cuando logramos escapar de aquel tumulto, y tras subir una nueva colina, dimos con otra cabalgata que avanzaba hacia nosotros a través de los trigales. La procesión duró más de una hora. Resultaba muy curioso comprobar que todo aquel movimiento nos parecía idéntico y, a la vez, tremendamente diferente del desplazamiento de la división francesa con que nos habíamos encontrado unos días antes, cuando nos dirigíamos hacia el norte. Tanto era así, que teníamos la impresión de haber pasado al frente septentrional y, casi al instante, habernos alejado de él de nuevo tras cruzar el umbral de una gran puerta que, intermitente, apareciera y desapareciera ante nuestros ojos, excavada en el inmenso muro que constituían todos aquellos ejércitos que protegían, desde el Mar del Norte hasta los Vosgos, el mundo civilizado.

****

EN ALSACIA

13 de agosto de 1915

Antes de continuar nuestro viaje hacia la zona oriental, nos desplazamos hacia el norte. Cerca de Reims hay un pequeño pueblo —en realidad no es mucho más que una aldea, pero en nuestro idioma no disponemos de términos intermedios como bourg y petit bourg para definir lugares como este— en el que pronto entraría «en acción» una de las nuevas unidades sanitarias motorizadas de la Cruz Roja. Finalizada la demostración, subimos hasta un viñedo que daba al pueblo y, desde allí, contemplamos el valle que se extendía a nuestros pies. Surcado por un río, dos filas de árboles lo cruzaban de lado a lado. La primera fila se alineaba junto al río, y estaba en manos de los franceses, quienes habían colocado lanchas cañoneras por toda la orilla. Detrás había una carretera, donde se hallaban las trincheras francesas de primera línea, y, justo por encima, pero en la vertiente opuesta, estaban las líneas alemanas. Dado que el suelo era calcáreo, las posiciones alemanas quedaban visiblemente delimitadas por dos marcas paralelas de color blanco que se dibujaban a lo largo de la superficie marrón de la colina. Mientras estábamos allí, observando todo aquello, escuchamos el sonido discontinuo de unos disparos que parecían proceder de varios puntos diferentes, y pudimos ver cómo la bocanada de humo provocada por la explosión de un proyectil comenzaba a ascender hacia el cielo desde la parte más alta de la colina. Resultaba increíblemente extraño estar allí, entre las vides que parecían chirriar con los zumbidos de los insectos del verano, y contemplar aquel pacífico paisaje que, a la espera de la ya cercana vendimia, se mostraba colmado de frutos, sabiendo que los árboles que se alineaban a nuestros pies ocultaban una hilera de lanchas cañoneras que arrojaban la muerte con gran estrépito sobre aquellas dos marcas blancas trazadas sobre la superficie de la colina.

La ciudad de Reims consigue, por sí misma, hacernos sentir mucho más cerca de la guerra, debido a que en su interior se respira una desolación mortal y absoluta. Una de las consecuencias más trágicas de la invasión consiste en que, en aquellos pueblos que han sido bombardeados, las actividades cotidianas suelen quedar paralizadas. Nos rebelamos una y otra vez contra este abandono sin sentido de innumerables actividades que resultarían francamente útiles. En comparación con los pueblos del norte, Reims había quedado relativamente ilesa, y, por ese mismo motivo, la detención de la vida allí parece aún más innecesaria y cruel. No había nadie en la plaza de la catedral, y todas las casas que se elevaban a su alrededor estaban cerradas. Y allí, ante nosotros, se alzaba la propia catedral. Aunque, en este caso, habría que hablar de «la Catedral» por excelencia: era muy difícil encontrar una catedral así en ningún otro lugar. De hecho, aquélla no se parecía a ninguna otra catedral del mundo. Cuando comenzó el bombardeo alemán, la fachada occidental estaba cubierta de andamios. Los proyectiles los incendiaron, y toda la iglesia quedó envuelta en llamas. Ahora ya no están aquí los andamios, y en esta plaza aburrida y provinciana se alza una estructura tan extraña y hermosa que habría que acudir al Inferno, o quizá a algún relato de magia oriental, para hallar las palabras capaces de describir esta luminosa visión sobrenatural. El fuego hizo que la parte inferior de la fachada se cubriera de intensos tonos de siena tostado y sombra. Este rico bruñido daba paso, algo más arriba, y tras haber dejado atrás un rosa amarillento y un rojo carmín, a un amarillo azufre que iba aclarándose hasta llegar al marfil. Por otro lado, los intersticios de los portales y los huecos que se abrían tras las estatuas quedaban perfilados por un negro más denso y más aterciopelado que el se pudiera obtener utilizando todo tipo de efectos de sombra en un relieve escultórico. Toda esa amalgama de color que se extendía por la categórica aunque herida superficie nos traía a la memoria los tonos metálicos, las iridiscencias del pavo real y la paloma, y la increíble mezcla de rojo, azul, amarillo y sombra de las rocas del golfo de Egina. Además, el maravillado asombro que producía semejante contemplación quedaba acrecentado por la consideración meditada de su fugacidad; por la idea de que ésta era la belleza de la enfermedad y la muerte, de que todas y cada una de esas estatuas transfiguradas seguirían desintegrándose bajo las lluvias de otoño, de que cada una de esas piedras rosadas o doradas estaban ya totalmente dañadas, de que la catedral de Reims resplandecía y, a la vez, moría ante nosotros, como una puesta de sol…

14 de agosto

Llegamos a un castillo de piedra y ladrillo situado en un terreno llano, por el que transcurre un riachuelo. Cortaderas, geranios, puentes rústicos, caminos sinuosos… ¡Qué bourgeois y somnoliento resultaría aquel lugar si no fuera por el centinela que nos impide el paso a la entrada!

Hay un collie durmiendo al sol justo delante de la puerta, y algunos oficiales del Estado Mayor esperan la llegada del almuerzo. En el interior encontramos una habitación con hermosos tapices, algunos muebles de buena calidad y una mesa sobre la que se extienden los consabidos mapas del ejército y las fotografías de aviones. Durante el almuerzo, nos reunimos con el general, los jefes del Estado Mayor —doce en total— y un oficial procedente del cuartel general central. Nos envuelve la atmósfera de habitual camaraderie, de confianza, buen humor, y una especie de alegre seriedad que he llegado a considerar como algo característico de los hombres inmersos en la realidad de la guerra. Supongo que este tipo de escena se repite por todo el frente durante muchos otros almuerzos similares al nuestro.

15 de agosto

Esta mañana hemos puesto rumbo a la reconquistada Alsacia. Por razones que a los civiles no se nos explican, ese rincón de Francia, que en ocasiones ha pasado a otras manos, ha resultado hasta el momento, incluso para los funcionarios franceses de alto nivel, inaccesible. Por tanto, sentimos una emoción muy especial cuando tomamos la carretera que nos conducirá hasta allí.

Fuimos dejando atrás uno o dos valles, atravesamos pueblos muy apacibles, cuyas casas presentaban hastiales cubiertos de enredaderas, y observamos que la mayoría de los nombres de las tiendas estaban en alemán. Habíamos cruzado la antigua frontera sin darnos cuenta, y pronto llegamos al encantador pueblo de Massevaux. Allí se celebraba la fiesta de la Asunción. Cuando llegamos a la plaza que se abría ante la iglesia, acababa de finalizar la misa. Las gentes que inundaban las calles estaban de fiesta, y todos iban bien vestidos y muy sonrientes, aparentemente ajenos a la realidad de la guerra. Unas niñas pequeñas, vestidas de blanco y guiadas por sus orgullosas mamás, bajaban los peldaños de la iglesia con guirnaldas de color también blanco en el pelo; en el interior de unas cestas que llevaban sobre los hombros, transportaban unos corderitos o unas vírgenes de color azul y blanco. Los oficiales de caballería, en grupos, conversaban de pie con civiles vestidos de domingo, y, a través de las ventanas del Águila Dorada, vimos cómo se llevaban a cabo los preparativos necesarios para dar de comer a una muy concurrida asistencia. Todo parecía desenvolverse de forma feliz y sencilla, como en un cuadro de «Hansi», y las preciosas y antiguas casas, con sus tejados a dos aguas, y las limpias calles empedradas constituían el escenario tradicional perfecto para un día de fiesta alsaciano.

En el Águila Dorada nos hicimos con un buen acopio de provisiones, y emprendimos camino hacia las montañas con el propósito de llegar a Thann. Los Vosgos, en esta época, se revisten de la espectacular belleza que les aporta un verano breve. Los riachuelos discurren produciendo un rumor incesante, en ocasiones unido al fragor de las lluvias, y nos rodea, además, la balsámica fragancia de abetos y helechos, y del tomillo azulado que crece sobre los cálidos montículos de tierra. Llegamos a lo más alto de un cerro, y, después de esconder el coche tras un grupo de árboles, nos dirigimos a un claro para almorzar en una soleada ladera. Desde allí, contemplamos la elevada colina, con forma cónica y recubierta de bosque, que se alza al otro lado de valle. Se trata del Hartmannswillerkopf, foco de una prolongada contienda en la que, finalmente, resultaron victoriosos los franceses. No obstante, a nuestro alrededor se erigen otras cimas y elevaciones, y somos conscientes de que en todas ellas siguen apostados los soldados alemanes, cuyas armas apuntan al valle de Thann.

La propia localidad de Thann está ubicada a los pies de ese valle. Es una ciudad hermosa y antigua, emplazada en una garganta que se abre entre dos colinas. En ella percibimos el mismo aire de próspera estabilidad que resulta tan característico de esta atormentada región. La habitual cortina de tristeza con que la guerra lo envuelve todo volvió a caer sobre nosotros al cruzar con el coche la calle principal, haciendo que la luz se oscureciera y que el cálido ambiente del verano se tornara de nuevo en algo frío y amenazador. Thann ha sido muy castigada por los alemanes, por lo que las ventanas de casi todas las casas están cerradas y las calles desiertas. Uno o dos edificios de la plaza de la catedral están destrozados, pero la catedral en sí, que, de alguna forma, se nos antoja excesivamente adornada con pináculos y esculturas, y que es el orgullo de Thann, se ha mantenido prácticamente intacta. Cuando accedemos a su interior, oímos los cánticos de vísperas, y vemos cómo unas pocas personas — casi todas ellas vestidas de negro— se han arrodillado en la nave.

No creo que pudiéramos imaginar nada más opuesto a la felicidad que habíamos dejado, a tan sólo unos kilómetros de distancia, entre los habitantes de Massevaux en la celebración de su día de fiesta. Pero Thann no ha quedado completamente desierta, a pesar de lo vacías que hallamos sus calles. Existe aún un resto de vida que sigue palpitando y que se muestra deseosa de manifestarse y de crecer en cuanto queden silenciados los cañones alemanes. La administración francesa, que mantiene relaciones muy cordiales con la población, se empeña en que continúen las actividades civiles del pueblo al igual que los canónigos de la catedral continúan con los ritos propios de la Iglesia. Muchos habitantes siguen agazapándose tras las persianas bajadas de sus ventanas, y encerrándose en sus bodegas cuando los proyectiles comienzan a caer; y las escuelas, trasladadas a una aldea vecina, suman más de dos mil alumnos… Caminamos por el pueblo, visitamos una gran catacumba que antes había sido una bodega y que ahora ha quedado transformada en hospital y en refugio para aquellos vecinos que carecen de bodegas en sus propias casas, y, además, observamos los restos de la zona industrial que se extendía a lo largo del río, y que había constituido el principal objetivo de los cañones alemanes. Thann se ha quedado sin industria, todas sus fábricas han sido destruidas, pero, a diferencia de las ciudades del norte, ha tenido la buena fortuna de conservar sus peculiaridades, su personalidad, aquellos rasgos que la diferencian y que harán que los niños puedan reconocerla cuando regresen a casa y, así, poder sentirse en su hogar.

Después de dejar las ruinas, las autoridades que tan amablemente nos habían guiado en nuestra visita por los lugares de interés de la ciudad, nos sugirieron la posibilidad de darnos un respiro y disfrutar con ellos de un pequeño entretenimiento. Estaban a punto de salir rumbo a unas competiciones militares que la ***ᵃ compañía de dragones celebraba esa misma tarde en un valle próximo. Y nos invitaban a ir con ellos.

El lugar al que nos dirigíamos era una pradera cercada por una especie de anfiteatro de grandes rocas, del que sobresalían, como si de palcos de ópera se tratara, una serie de cornisas cubiertas de hierba. Quienes se habían acomodado en esos miradores eran, por un lado, los espectadores más interesados en el evento y, por otro, el habitual ganado rumiante. En la parte inferior de la ladera, tanto la categoría social de los vecinos como la moda imperante por los alrededores quedaban perfectamente expuestas en las distintas filas de sillas, dispuestas de modo semicircular. Y, mientras tanto, más abajo, en la pradera, se celebraba una carrera de obstáculos. Las competiciones a caballo resultaban absolutamente espectaculares, como siempre lo son las exhibiciones de los militares franceses cuando de la equitación se trata. Muy pocos caballos eran purasangre; de hecho, casi todos ellos eran animales de tiro de la zona, muy poco acostumbrados a llevar silla de montar. En cualquier caso, su gran agilidad y el brío que demostraron tener hicieron que sus jinetes se lucieran y que obtuvieran grandes logros. En concreto, los lanceros ejecutaron una muy lograda «cabalgata musical» en torno a una banderola central, que fue muy gratamente acogida por parte del flamante público situado en la primera fila y en la tribuna que formaban las rocas.

Observar al público resultaba más interesante aún que contemplar la propia actuación. El general de la división y su Estado Mayor charlaban con las damas sentadas en primera fila, junto a los oficiales de los cuarteles generales más próximos y casi todas las autoridades civiles y militares del restaurado Département du Haut-Rhin. Se habían suspendido todas las clases en honor al evento, y todo el mundo mostraba un estado de ánimo maravillosamente festivo. Los hombres que se habían puesto a nuestro lado eran, en su mayoría, propietarios alsacianos; muchos de ellos industriales de Thann. Algunos se habían quedado sin hogar; otros habían visto cómo sus fábricas habían quedado totalmente destrozadas; y, en general, todos ellos habían vivido durante un año en los peligrosos límites de la zona de guerra, bajo la constante amenaza de unas represalias demasiado horribles como para poder siquiera imaginarlas. No obstante, el ánimo preponderante entre todos ellos era el propio de un grupo de juerguistas que vivieran en una apacible plaza fuerte. En todos mis viajes por el frente, nunca había visto nada tan revelador de la buena educación de los franceses como el talante de aquellas damas y de aquellos caballeros que charlaban con los oficiales, tranquilamente sentados en aquella ladera alsaciana cubierta de hierba.

El despliegue de haute école se iba a ver prolongado mediante una muestra de «los medios de transporte a través de los tiempos», encabezada por un carro galo conducido por un soldado de caballería con un gran bigote falso hecho de crin de caballo y una corona de muérdago, y rematada con un vehículo al que le habían quitado el motor para reemplazarlo por un enorme y plácido caballo blanco. Desgraciadamente, en ese momento se desató un chaparrón, justo cuando iba a entrar en escena este último e instructivo «número», y tuvimos que abandonar el lugar antes de que Vercingetorix hubiera guiado a sus guerreros al interior del ruedo.

16 de agosto

Ascendimos por las montañas. Salimos muy temprano e iniciamos nuestro trayecto por un estrecho valle que se elevaba progresivamente hacia el este. La carretera estaba plagada de obstáculos, en su mayoría carromatos cubiertos con capotas, de los que tiraban parejas de mulas y que iban cargados de suministros. Estábamos en la ruta que llevaba hasta una de las principales posiciones del ejército francés en los Vosgos, así que la procesión de vehículos de transporte de provisiones era incesante. Finalmente, llegamos a un pueblo de montaña situado en una ladera cubierta de abetos. Un riachuelo de aguas heladas, que descendía veloz desde las cimas más elevadas, surcaba el pueblo, que contaba, a un lado de la carretera, con un hostal bastante rústico, y, al otro, entre los abetos, con un chalet de montaña ocupado por los mandos de la brigada. Por todas partes veíamos a los pequeños chasseurs alpins con sus boinas escocesas de color azul y sus polainas de piel. Habíamos leído durante todo un año acerca de las hazañas de estos héroes de las montañas, y ahora estábamos allí, entre ellos, contemplando sus delgados rostros golpeados por las inclemencias del tiempo, y captando el brillo amistoso que emitían sus ojos. Eran, todos ellos, hombres extremadamente afables, y, sin embargo, a los franceses les parecían ininteligibles y tímidos. No hay duda de que, en cualquier rincón del mundo, los silencios de la montaña provocan en los hombres ese tipo de temperamento reservado, este deseo de escapar de la labia propia de los valles. Sin embargo, a veces nos daba la impresión de que la verborrea de los franceses podría alzarse más y más hasta alcanzar la misma cima del Mont Blanc.

Nos trajeron unas mulas, y así iniciamos nuestro largo viaje de ascenso por la montaña. El camino nos llevó, en primer lugar, por grandes salientes que ofrecían impresionantes vistas sobre los valles que, en la distancia, adquirían un profundo color azul. A continuación, dejamos atrás kilómetros de bosques, al principio de hayas y abetos y, más tarde, sólo de abetos. Por encima de la carretera, las laderas arboladas se extendían hasta donde alcanzaba la vista, y, de vez en cuando, nos cruzábamos con recuas de mulas, en grupos de trescientos o cuatrocientos animales, que se mantenían, unidos, bajo los árboles, en compartimentos excavados a diferentes niveles por toda la ladera. Cerca hallamos distintos refugios para los hombres, y, quizá, en la siguiente curva, pudiéramos dar con un pueblo de «barracones para tramperos», como llaman los oficiales a las cabañas de troncos que se construyen en esta región. Este tipo de colonias siempre se hallan llenas de vida: los hombres se mantienen ocupados limpiando sus armas, recogiendo material para construir nuevas cabañas, lavando o zurciendo sus ropas, o llevando, montaña abajo, desde la cocina del campamento, los cubos de dos asas llenos a rebosar de una sopa humeante. La cocina siempre se halla en la zona más protegida del campamento y, por lo general, a cierta distancia de la retaguardia. Otros soldados, una vez finalizada su labor, se dedican a no hacer nada, a fumar, a contarse todo tipo de chismes o a escribir cartas a su familia, con el «bloc de cartas del soldado» apoyado sobre una rodilla remendada con un parche de color azul y deslizando sobre el papel, con mucho esfuerzo, un puño cubierto de cicatrices que sostiene la pluma estilográfica que han recibido en el hospital. Algunos se apoyan en el hombro de algún amigo que acaba de recibir un periódico de París; otros, en cambio, se ríen juntos al leer los chistes de sus propias publicaciones en francés, el Écho du Ravin, el Journal des Poilus, o el Diable Bleu: pequeños periódicos impresos en una tinta que tira a violeta, con pliegos de aproximadamente cuarenta y tres por treinta y cinco centímetros, y adornados con historietas y numerosas muestras de humor local.

Más arriba, bajo un cinturón de abetos, en los confines de una pradera, el oficial que avanzaba a caballo por delante de nosotros para abrirnos el camino nos indicó que debíamos desmontar y seguirle, pero, a partir de ese instante, debíamos hacerlo a pie. Nos introdujimos entonces en una zona completamente invadida por los árboles, en lo que parecía una extensión de matorral mucho más espeso, y descubrimos que estábamos, en realidad, frente a una especie de tejado hecho de ramas entrelazadas de manera que formaran una pantalla lo suficientemente espesa como para ocultar un conjunto de piezas de artillería dispuestas para hacer fuego. Los cañones nos rodeaban por todas partes, agazapados en el interior de aquellas guaridas silvestres, como bestias salvajes que esperasen la llegada de la primavera. Y, justo al lado de cada uno de aquellos cañones, se hallaba, orgulloso, posesivo, importante como un novio ante su novia, el artillero encargado de su custodia y de hacerlo funcionar.

Seguimos ascendiendo, sin cesar, hasta llegar, por fin, a un terreno quemado por el sol y azotado por el viento, que constituía la cima de una de las montañas más altas de toda la región y un lugar de pastoreo. Habíamos dejado atrás la zona boscosa, y ahora sólo había un pequeño grupo de abetos enanos que bordeaba los límites de aquella gran cumbre cubierta de hierba. Volvimos a desmontar. Las mulas se quedaron entre los árboles, atadas. A continuación seguimos a nuestro guía hasta lo que parecía una piedra insignificante perdida entre la hierba. En una cara de la piedra alguien había grabado la letra F, y, en la otra, la letra D. Estábamos, por tanto, en el lugar exacto que, hasta hacía un año, marcaba la línea fronteriza entre la República y el Imperio. Desde entonces, en ciertos lugares, esa línea se ha curvado, ha avanzado y ha retrocedido una distancia considerable; pero, allí donde nosotros nos encontrábamos, nos amenazaba aún el fuego de los cañones alemanes, así que tuvimos que arrastrarnos por el suelo, al abrigo de los achaparrados abetos, para llegar hasta el lugar desde el que divisaríamos el magnífico panorama que se extendía a nuestros pies. Desde allí, bajo un montón de nubes que huían, veloces, por el cielo, contemplamos la Tierra Prometida de Alsacia. En uno de los puntos del horizonte, muy distante en la llanura, brillaban los tejados y los chapiteles de Colmar; en otro, más allá del Rin, se elevaban unas cumbres purpúreas. Más cerca había un grupo de colinas desprovistas de vegetación: en las más cercanas pudimos descifrar las cicatrices de unos surcos trazados en la tierra, que parecían revelar el trabajo realizado por un grupo de topos gigantes que se hubieran movido en zig-zag bajo la superficie; y, justo debajo de nosotros, en un pequeño valle verde, dormían los tejados de un pacífico pueblo. Tanto los surcos trazados en la tierra como el pueblo seguían estando en manos de los alemanes. Pero las posiciones francesas iban avanzando en su descenso por la montaña, hasta casi llegar al borde del valle. Y un oscuro pico que se alzaba a la derecha era ya francés.

Nos detuvimos en un claro abierto entre los abetos, y caminamos hacia el borde de la meseta. Justo debajo de nosotros yacía un lago cercado por un buen número de grandes rocas. Por todos lados había nuevos terraplenes que recorrían la terreno en zig-zag, y, en la orilla más cercana descubrimos un nuevo tejado hecho de ramas entrelazadas que cubría un nuevo refugio bajo el que poder cobijar a los animales. En realidad, aquello que veíamos era el lugar exacto hasta el que, por las noches, descendían las caravanas de chasseurs alpins con el fin de distribuir los suministros por la primera línea de fuego.

—¿Quién va? ¡Atención! ¡Están ustedes desprotegidos! ¡Quedan a tiro desde las líneas enemigas! —nos gritó una voz procedente de los abetos.

Así que nuestro acompañante nos indicó que retrocediéramos de inmediato. Nos habíamos expuesto demasiado al fuego alemán situado en la vertiente opuesta. Nuestra presencia allí, tan evidente, podría haber hecho que dispararan sobre los puestos de observación de artillería, instalados muy cerca de donde nos hallábamos. Naturalmente, nos retiramos al instante, y, algo más tarde, comenzamos a sacar las cosas que llevábamos en una cesta para el almuerzo, ahora en un lugar más protegido. Al sentarnos sobre la agradable hierba, acariciada por una suave brisa de alta montaña que nos llegaba cargada de los aromas del tomillo y el mirto, pudimos escuchar el aleteo de las aves, el zumbido de los insectos, y observar cómo la vida tan tranquila y, a la vez, tan bulliciosa de aquella cima se desplegaba, impasible, en torno a nosotros, bajo la poderosa luz del sol. En semejante paraje, la presión de la circundante línea de la muerte se nos hizo cada vez más insoportable; más real. No es en medio del barro ni al escuchar los chistes de las trincheras ni al entrar de lleno en la vorágine de las actividades cotidianas, cuando se percibe con más claridad la deplorable locura de la guerra. Muy al contrario, esa aberración se hace absolutamente evidente cuando, como un monstruo legendario, merodea por escenarios como aquél; por esos lugares a los que la mente siempre ha recurrido para poder rendirse ante ellos, y descansar.

Aún no habíamos finalizado nuestro recorrido por la cima de la montaña, por lo que, una vez finalizado el almuerzo, volvimos junto a las mulas y comenzamos a avanzar hacia un paraje en el que un largo y estrecho yugo nos conectaría con un ramal que iba a dar directamente a un punto situado por encima de las líneas alemanas. Dejamos las mulas a cubierto, y caminamos por el yugo, que consistía en un brevísimo filo de roca rodeado de una vegetación enana. De repente, escuchamos una explosión detrás de nosotros: una de las baterías que habíamos dejado atrás en nuestra ruta de ascenso había empezado a hablar. Las líneas alemanas devolvieron los bramidos y durante veinte minutos continuó, con un estruendo imparable, el intercambio de invectivas. El fuego no cesó durante todo ese tiempo. Parecía como si un gran arco de acero se estuviera construyendo sobre nuestras cabezas, asentándose sobre el límpido aire que nos envolvía. Pudimos trazar cada viraje del sonido, desde su nacimiento hasta el mismo momento en que finalizaba al estallar en las trincheras. Había cuatro fases diferentes: la fuerte explosión del cañón, el largo y furioso aullido del proyectil durante el vuelo, la dispersión y la propagación del ruido en el momento de la explosión y, a continuación, el fragor de la reverberación que se transmitía de precipicio en precipicio. Escuchamos todo aquello mientras permanecíamos agachados al abrigo de los abetos; lo que vimos al elevar la mirada y curiosear por entre los troncos fue tan sólo alguna esporádica columna de humo blanco y llamas rojas en distintos punto de una de las colinas; en la opuesta, un minuto más tarde, un géiser de polvo marrón.

Casi al instante, comenzó a diluviar. Tuvimos que regresar al lugar en que se hallaban las mulas, y bajar por el sendero de montaña más próximo al lugar en que nos encontrábamos. Desde el principio, fuimos salvando verdaderos ríos de barro pero, dado que seguía lloviendo sin cesar, con una fuerza que creaba torrentes y rápidos de agua que anegaban el camino, llegó un momento en que parecía que las mismas rocas de la montaña empezaban a disolverse por efecto de la lluvia, creando nuevos lodazales. Mientras descendíamos, nos cruzamos, en su camino de ascenso, con distintas columnas de chasseurs alpins, salpicados hasta la cintura de una húmeda arcilla roja. Llevaban tras de sí numerosos grupos de mulas de carga, tan cubiertas a su vez de la misma arcilla húmeda, que parecían modelos en el estudio de un escultor que acabara de retirarles de encima una sábana empapada para mantener la maleabilidad de su material de trabajo. En nuestro descenso, dimos con más asentamientos de «tramperos», tan empapados y con un olor a humedad tan intenso que nos ofrecieron una idea bastante aproximada de lo que tenía que ser pasar los meses de invierno en el frente. Ya no había soldados sonrientes que se dedicaran a limpiar sus armas; no había nadie que se encargara de transportar leña ni que se entretuviera charlando con los demás soldados o fumando. Todo el mundo se había agazapado bajo el incierto refugio de las ramas y de las lonas impermeabilizadas. El ejército entero había regresado a sus madrigueras.

17 de agosto

Al regresar a Belfort, el sol nos sonríe de nuevo. La población, inquebrantable, yacía sin pretensiones al otro lado de sus verdes glacis y sus puertas blasonadas. Y no había nada llamativo que demostrara la extraordinaria condición de quienes allí vivían, a excepción del león guardián ubicado a los pies de la ciudadela. Aquel león, de manera tanto figurada como literal, se hallaba à la hauteur. Con la inflamada luz del atardecer cayendo a raudales sobre él, sentado sobre los cuartos traseros y con la cabeza alzada hacia el cielo en su guarida de color rojo situada bajo el fuerte, podría haber reclamado perfectamente su parentesco con el poderoso prototipo del friso de Asurbanipal. No podíamos evitar plantearnos ciertas preguntas al ser conscientes de quién había sido el artífice de semejante obra. En cualquier caso, llegamos a la conclusión de que, para un artista, debía de resultar bastante más sencillo crear el símbolo de una ciudad heroica que concebir el diseño de una divinidad abstracta y esquiva destinada a arrojar luz sobre el mundo desde el puerto de Nueva York.

La carretera que nos lleva desde Belfort hasta la Alsacia reconquistada discurre por un muy ameno paisaje de prados y huertos. Nos dirigíamos hacia Dannemarie, uno de los pueblos situados en la llanura, que constituye, además, la sede de la nueva administración. Era el típico gros bourg de Alsacia, con sus cómodas casas antiguas ubicadas entre jardines cargados de espalderas. Se trataba de un lugar plácido, orgulloso de sí mismo, lleno de gente adinerada… No respondía, en ningún caso, a los idílicos prototipos del patriotismo clásico, que reclamarían otro tipo de imágenes: en ellas, aparecerían pequeñas niñas tocadas con sus sombreros alsacianos, cantando La Marsellesa, y, a su lado, unos ancianos vestidos con sus chalecos operísticos, que avanzarían con paso inestable pero constante para poder besar la bandera. Lo que vimos en Dannemarie resultaba bastante menos llamativo a los ojos del viajero, pero, a la vez, mucho más nutritivo para la imaginación. Los militares y los administradores de la localidad tuvieron la amabilidad y la enorme paciencia de explicarnos en qué consistía su trabajo y, a continuación, de mostrarnos algunos de los resultados de su esfuerzo. Al finalizar la visita, nos dio la impresión de que allí se estaba llevando a cabo un lento y tranquilo proceso de adaptación, sabiamente planificado e implantado de modo fructífero. De hecho, al final acabamos escuchando realmente cómo las niñas de la escuela de Dannemarie cantaban La Marsellesa —y también los niños— y, lo que nos pareció mucho más interesante, reparamos en que los alumnos estudiaban con sus profesores de siempre, los que habían estado con ellos desde pequeños; comprendimos así que uno de los objetivos cardinales de los funcionarios franceses consistía en que la rutina del pueblo continuara sin sufrir cambio alguno. Las nuevas autoridades permitieron que los nombres de las tiendas pudieran seguir en alemán, excepto en los casos en que el propio comerciante hubiera decidido cambiarlos y pintar de nuevo su fachada, como sucedía cada vez con mayor frecuencia. Si había que reemplazar a algún funcionario, se elegía a su sustituto de entre los candidatos que vivieran en la misma ciudad o en la misma región, e incluso el personnel de las administraciones civil y militar estaba compuesto principalmente de oficiales y civiles de origen alsaciano. Los jefes de ambos departamentos nos acompañaron durante la visita, y pudimos comprobar que hablaban con los niños y con los ancianos tanto en alemán como en su propio dialecto local. De modo que, al menos en lo que se refiere a aquello que le es dado captar a un observador ocasional, parecía que realmente se había hecho todo lo humanamente posible para reducir al mínimo cualquier sensación de extrañeza o cualquier tipo de fricción; factores por lo general inevitables cuando se produce la transición de un gobierno a otro. Resultaba también especialmente interesante advertir que todo este proceder basado en el tacto y en la tolerancia no se derivaba de una estudiada planificación que buscara lo más conveniente para llevar el proceso a buen término, sino que, al parecer, emanaba de una auténtica comprensión, por parte de las nuevas autoridades, de la situación y del punto de vista de las gentes que vivían en la frontera. Jamás oí en Dannemarie una sola palabra cargada de patriotismo lírico o un solo rasgo de sentimentalismo de tarjeta postal, sino puras estimaciones imparciales de los hechos tal como eran.

18 de agosto

Hoy madrugamos para poner rumbo de nuevo a las montañas. Nuestro camino se dirigía hacia el oeste, a través del corazón de los Vosgos, y llegaba hasta un repliegue de las colinas situado muy cerca de las fronteras de Lorena. Nos detuvimos en un cuartel general, en el que se nos uniría un joven oficial de dragones. Fue él quien nos informó de que se nos iba a permitir recorrer algunas de las trincheras de primera línea que habíamos contemplado desde aquel privilegiado puesto de observación al que ascendimos durante nuestra anterior visita a los Vosgos. En la región se estaban llevando a cabo violentos combates. Después de un ascenso de una hora o dos, dejamos el coche en un abrigado recodo de la carretera, y seguimos el camino a pie. El sendero que debíamos seguir discurría por medio del bosque. De vez en cuando, divisábamos desde nuestra posición el curso de la carretera que avanzaba justo por debajo de nosotros, y que quedaba absolutamente expuesta al fuego alemán. Pronto llegamos a un punto en el que el camino parecía quedar bloqueado por una especie de muro compuesto de gruesos árboles; tras ellos, se había levantado un puesto de observación. Nos agazapamos y miramos a través de la abertura perforada en aquel muro arbóreo. Justo debajo de nosotros se abría un valle en cuyo centro se alzaba un pueblo. Tanto a la izquierda como a la derecha de aquel pueblo se elevaban sendas colinas: una de ellas atravesada por las trincheras francesas; la otra por las alemanas. El pueblo, a primera vista, parecía tan normal como aquellos otros que acabábamos de dejar atrás, pero, si lo observábamos con más detenimiento, podíamos ver que el campanario había sido destruido y que algunas de las casas carecían de tejado. Una parte de la población estaba en manos alemanas, y la otra en manos francesas. El cementerio contiguo a la iglesia y una cantera que se abría justo debajo pertenecían a los alemanes, pero una línea de trincheras francesas recorría la parte opuesta del pueblo, extendiéndose desde el lado más alejado de la iglesia hasta las baterías francesas emplazadas en la colina que quedaba más a la derecha. Paralela a esa misma línea, pero comenzando al otro lado, corría un sendero desierto que llevaba hasta un árbol solitario. Este sendero era, en realidad, una trinchera alemana custodiada por unos cañones ubicados en la colina de la izquierda. Entre ambas habría no más de cincuenta metros. Y todo eso estaba bastante cerca de nosotros. Más cerca aún se hallaba una pendiente de terreno abierto que conducía al pueblo en sí, y que estaba atravesada por un agreste camino de carros. A lo largo de ese camino, un montón de soldados franceses, pequeños como juguetes de hojalata, bregaban bajo el ardiente sol, con bolsas y haces de leña. Su frenética actividad, ordenada aunque despreocupada, recordaba a la de las hormigas, y hacía pensar que aquellos soldados no eran conscientes de que ambos ejércitos habían trazado sus trincheras, unas frente a las otras, a muy escasos metros de distancia. Aquélla era una de esas extrañas y contradictorias escenas propias de la guerra, que nos hacían recordar, a nosotros, los desconcertados espectadores, la absoluta imposibilidad de llegar siquiera a imaginar cómo se desarrollan realmente las cosas en el frente.

Mientras estábamos allí, contemplando el panorama, escuchamos el desgarrador bramido de una batería. Estábamos subiendo hacia la cima de una colina que hervía bajo la actividad de montones de «setenta y cincos», y su penetrante rugido parecía reventar justo detrás de nosotros. Aquél fue el chillido de guerra más terrible que había oído en mi vida: una especie de aullido feroz que hacía pensar en todos los perros de la guerra tirando al mismo tiempo de sus correas. Hay algo horriblemente majestuoso en el sonido que produce el lejano disparo de un cañón, pero aquellos gañidos y silbidos sólo lograban provocar en mí pensamientos de auténtico horror. Allí, sobre la ladera, pudimos divisar los géiseres de polvo marrón y negro que surgían de las trincheras alemanas, y, luego, desde las baterías emplazadas justo encima, las ráfagas lanzadas en represalia. Debajo de nosotros, por el camino de carros, los pequeños soldados franceses seguían con su pacífico ascenso hacia el pueblo en ruinas, y, poco después, unos cuantos oficiales de dragones emergieron del bosque y se acercaron a nosotros para darnos la bienvenida a su cuartel general.

Seguimos ascendiendo. El cañoneo continuaba sobre nuestras cabezas, hasta que nos topamos con la colonia de tramperos más elaborada que había visto en mi vida. Las cabañas, semienterradas en la ladera, tenían paredes hechas de troncos, y tejados perfectamente cubiertos de hierba y de tierra mezclada con helechos y musgo. Además, todas aquellas cabañas se distribuían de forma aleatoria bajo los árboles, y quedaban conectadas entre sí mediante unos caminos bordeados de piedras blancas. Justo delante de la cabaña del coronel, los soldados habían preparado unos arriates de flores dispuestos en hileras, llenos de plantas de temporada. Más allá, en una parte más elevada de la pendiente, había una capilla hecha de troncos, básicamente un sencillo hastial con un altar de madera, todo ello tapizado de hiedra y acebo. Cerca se encontraba la vivienda subterránea del capellán, en una hendidura recubierta de hiedra. Desde allí, el frente quedaba oculto gracias a la pantalla creada por la mezcla de la hiedra y las ramas de los abetos. Acababan de rematar los últimos detalles de aquel refugio silvestre, así que los oficiales, el capellán, y todos los soldados que merodeaban por allí estaban deseando que lo admiráramos, y, si era posible, que lo elogiáramos.

El oficial al cargo, después de haber hecho los honores del campamento, nos condujo ladera abajo, a unos quinientos metros del campamento, hasta una grieta abierta que marcaba el inicio de las trincheras. Desde la grieta accedimos a una larga y tortuosa madriguera, cuyo techo y paredes habían sido forrados de troncos cuidadosamente encajados. El suelo de tierra estaba alfombrado con una especie de entramado de madera. Todo se mantenía a oscuras. La única luz que entraba era un rayo ocasional filtrado por alguna rendija que, además, estaba protegida con ramas. Al lado de cada una de esas pequeñas mirillas, los soldados habían colgado un obturador de metal con forma de escudo, que tendría que ser empleado en caso de emergencia.

El pasaje zigzagueaba colina abajo, hasta llegar prácticamente a replegarse sobre sí mismo. Aquella disposición tenía un claro objetivo: el de poder contar en todo momento con una buena perspectiva de las líneas circundantes. Tras una de aquellas circunvalaciones, el techo se elevaba, y, a un lado, aproximadamente a metro y medio del suelo, se abría un nicho que había sido cubierto con una cortina. Uno de los oficiales la descorrió, y allí, sobre un estrecho estante, vimos a un dragón sentado con un arma sobre las rodillas. Su misión era la de no apartar ni un instante la mirada de un pequeño agujero practicado en la pared. Volvieron a echar la cortina a toda prisa, y allí se quedó aquella figura inmóvil: era importante que se mantuviera a oscuras, no fuera a ser que la luz que pudiera abrirse a su espalda, sin la salvaguarda de la cortina, le fuera a traicionar. Dejamos atrás a otros vigilantes igualmente resguardados. De vez en cuando tropezábamos con algún otro recoveco en el que se agazapaba una mitrailleuse, con su negra parte frontal abriéndose paso por entre un montón de ramas. En ocasiones, el techo del túnel era tan bajo que teníamos que agacharnos, casi doblarnos, para poder avanzar. Esporádicamente, nos topábamos con una puerta especialmente gruesa, hecha de troncos y cubierta con planchas de hierro, que separaba una sección de la siguiente. No resulta fácil determinar la distancia que se puede llegar a recorrer por el interior de uno de esos oscuros túneles llenos de revueltas a varios niveles, pero calculo que aquel día debimos de caminar, ladera abajo, alrededor de un kilómetro y medio. Al salir al exterior, nos encontramos en medio de una granja prácticamente derruida. El edificio, del que sólo quedaban en pie los muros exteriores y uno o dos tabiques entre las habitaciones, servía ahora de puesto de observación. En cada rincón había una escalera que conducía hacia un pequeño saliente ubicado al mismo nivel de lo que, un día, debió de ser el segundo piso, y, sobre cada uno de aquellos pequeños salientes, había un soldado de dragones, atento al agujero perforado en el muro, a través del cual vigilaba los movimientos del enemigo. Debajo de ellos, en las habitaciones en ruinas, se desarrollaba la vida habitual en un campamento. Algunos soldados jugaban a las cartas en una mesa de cocina, otros remendaban su ropa y otros escribían cartas o se reían juntos (entre dientes, no demasiado alto) mientras hojeaban una revista de historietas. Aquella escena se podría haber desarrollado en cualquier trinchera de segunda línea. Pero el bajo nivel de las voces de los soldados, la rapidez con que se me apartó de una abertura excavada en uno de los muros y a la que me asomé de una manera completamente imprudente, y la presencia de aquellos observadores situados en las alturas, indicaban claramente que no era el caso y que estábamos en un lugar mucho más expuesto.

Volvimos a meternos bajo tierra para seguir descendiendo por un túnel aún más estrecho y más oscuro que el anterior. En el primero, el que estaba situado más arriba, dimos con una o dos zonas que quedaban al descubierto, sin techo, y en las que pudimos enderezar la espalda y respirar, pero ahora nos hallábamos en el interior de un pozo negro como la boca del lobo. Dado que no veíamos absolutamente nada, lo único que evitaba que nos cayéramos y nos partiéramos el cuello era el rayo de luz que emanaba de la pequeña linterna de bolsillo que llevaba el joven teniente que lideraba el grupo y que, de vez en cuando, iluminaba el suelo que pisábamos. El teniente nos explicó, mientras movía la linterna de un lado a otro para indicarnos el lugar en que había un escalón o alguna curva especialmente pronunciada, que, por la noche, incluso ese débil haz de luz estaba prohibido, por lo que no era muy buena idea pasar del último puesto de avanzada e intentar moverse por allí hasta haberse aprendido bien el camino y la disposición de cada uno de los ramales del túnel.

El último puesto de avanzada se hallaba en una granja que, como la anterior, había sido medio derruida por los bombardeos. Un teléfono la conectaba con el cuartel general, y también allí había una tropa de silenciosos dragones, inmóviles, sentados en sus elevados saledizos. La casa quedaba aislada del túnel mediante una puerta blindada, y las órdenes consistían en que, en caso de ataque, aquella puerta debía ser bloqueada desde el interior, y cada hombre del puesto de avanzada debía defender el acceso al túnel hasta la muerte. Estábamos en el extremo más alejado de la línea defensiva, junto a una pendiente que se extendía justo por encima del pueblo sobre el que, un par de horas antes, había rugido la artillería. Las líneas del enemigo cruzaban todo el terreno, y las trincheras más cercanas estaban a muy pocos metros de distancia de nosotros. Pero lo cierto es que nada de todo aquello me resultaba real. En lo que respecta a mi propia percepción de los acontecimientos, podríamos haber estado a cien kilómetros del valle, de aquel camino de carros por el que habíamos visto discurrir pacíficamente a los soldados franceses bañados por la luz de sol. Sólo sabía que habíamos salido de un laberinto de negrura y que ahora estábamos entre árboles frutales, en una casa destruida llena de soldados que holgazaneaban o fumaban, y en la que todo el mundo hablaba en susurros, como si estuviéramos junto a la cama de un moribundo. Por una grieta abierta en una pared pude divisar una nueva granja también destruida, cercana a otro huerto: era un puesto de avanzada del enemigo. Sus propios observadores silenciosos, emplazados en sus elevados salientes, se encargaban de vigilarnos a nosotros desde allí. Pero todo esto resultaba infinitamente menos real y terrible que la experiencia de ver volar por encima de nuestras cabezas una lluvia de proyectiles. La actividad de la artillería había cesado y el aire se veía inundado, una vez más, de los murmullos propios del verano. Muy cerca, en un lugar algo más resguardado, vi unas telarañas cubiertas de rocío en una vid… No podía entender dónde estábamos o qué estaba sucediendo o por qué no nos mandaban de una vez un proyectil desde el puesto de avanzada del enemigo y nos aniquilaban a todos en un segundo. Luego, poco a poco, fui comprendiendo la lógica que se ocultaba en aquella extraña vigilancia recíproca y muda de trinchera a trinchera: las miradas cruzadas de innumerables pares de ojos que recorrían, kilómetro a kilómetro, toda la línea insomne que se extendía desde Dunkerque hasta Belfort.

Lo último que vi antes de abandonar el frente, la imagen última que conservé de aquella larga franja que recorrimos de una punta a otra, fue la de una casa bombardeada a cuyos ocupantes, unos hombres que fumaban y que jugaban a las cartas sentados al sol, se les había ordenado resistir hasta la muerte antes que permitir que nadie traspasara su pequeña porción del frente.

****

EN ESPIRITU DE FRANCIA

Ahora ya nadie me plantea la pregunta que, con tanta frecuencia al comienzo de la guerra, me solían hacer desde el otro lado del mundo: «¿Cómo es Francia en realidad?». Todos sabemos ya lo que Francia ha demostrado ser:

empezó siendo un problema de difícil resolución, y ahora es un ejemplo de luminosidad.

No obstante, quizá todos aquellos que sólo han podido sentir desde lejos una luminosidad semejante tengan que aprender todavía muchas cosas acerca de los elementos que conforman esa capacidad tan francesa de iluminar al resto del mundo. Las cualidades de Francia se descomponen en múltiples y diversos rayos de luz, y la agotadora presión sufrida a lo largo del pasado año ha actuado como un auténtico espectroscopio para descomponer esos mismos rayos. Desde el primer día, cuando pude sentir sobre mí el resplandor de los sencillos y pálidos destellos que anteceden al amanecer, me embargó la irresistible tentación de describir tal cualidad: «Esos matices existen...».

El hormigueo estuvo ahí, real, desde los primeros días; desde las primeras horas.

—Pero ¿en qué consiste? ¿Cómo se advierte su presencia?

Al principio, cuando todo comenzó, era relativamente fácil responder a estas preguntas. Los matices que predominaban en Francia justo después de la declaración de guerra eran los del blanco brillo de la dedicación; el blanco del ímpetu colectivo de una gran nación (empleemos la palabra «ímpetu», ya que no existe equivalente en inglés para esa sublime palabra, élan). Una nación dispuesta a enfrentarse a cualquier tipo de destrucción. Pero, a esas alturas, nadie sabía aún cuál iba a ser el altísimo precio a pagar por oponer semejante resistencia, ni cuánto duraría el empeño, ni qué sacrificios, materiales y morales, iba a exigir. Además, hasta entonces, se habían silenciado los sentimientos más básicos y viles del hombre: la codicia, el puro interés personal, la pusilanimidad... Todo eso parecía haber quedado borrado, de repente, de la condición humana. La gran sesión del Parlamento, esa celebración casi religiosa de la unión en pro de la defensa de la patria, consiguió expresar magníficamente la opinión de todo un pueblo. Pero lo cierto es que resulta muy sencillo ascender hasta el empíreo cuando las alas de un impulso como aquel consiguen elevarnos del suelo sin saber, además, cuánto tiempo tendremos que mantenernos suspendidos en el estrecho límite en que la respiración se hace ya casi imposible.

Pero incluso para el más enaltecido y vertiginoso élan existe un plazo final, a partir del cual todo majestuoso vuelo dejará de serlo, y comenzará a advertir los primeros síntomas del declive. Había grandes posibilidades de que, después de un tiempo, todo aquel entusiasmo empezara a desfallecer y a verse obligado, con las alas destrozadas, a resignarse a sus propias limitaciones. Las consideraciones de carácter general no pueden prevalecer durante mucho tiempo por encima de los sentimientos de cada individuo. Y, por tanto, no resulta factible mantener un «espíritu» nacional si ese espíritu no es el de todo el país. Lo realmente interesante, por tanto, sería ver, conforme la guerra fuera avanzando y fuera convirtiéndose en un desastre de dimensiones nunca antes registradas en los anales de la Historia, cómo iba a asumir Francia semejante catástrofe, cómo iba a reaccionar su «espíritu», y qué lecciones iba a extraer de todo aquello.

La guerra ha supuesto un desastre como ningún otro acontecimiento conocido hasta el momento, pero lo cierto es que Francia nunca le ha tenido miedo a lo desconocido. Ningún pueblo ha roto con tanta audacia con su propia tradición, prescindiendo de cualquier tipo de precedente, y, del mismo modo, ningún otro ha reverenciado tanto sus propias reliquias. Requiere un gran valor ser capaz de seguir avanzando sin contar con el apoyo de las analogías, y Francia siempre ha demostrado tener ese valor en momentos de crisis. La cuestión más fascinante, a medida que seguía avanzando la guerra, consistía en descubrir hasta qué punto podía llegar a calar en el pueblo toda esta audacia intelectual, en averiguar si realmente ese modo de ser se había convertido en algo instintivo, y en ver cómo era capaz de soportar la gente la enorme presión de los larguísimos periodos de inactividad.

Nunca hubo dudas importantes en lo que se refiere al ejército. Cuando un invasor penetra en el territorio de un pueblo guerrero, los hombres encargados de contener a ese invasor no estarán inactivos jamás. Pero, más allá del ejército, estaban los millones de personas que esperaban el desenlace de la guerra y para quienes aquella línea inmóvil que constituían las trincheras podía llegar a convertirse, poco a poco, en un estado de ánimo, en un límite aceptado por todos, que simplemente dificultaría sus actividades y diversiones cotidianas. El gran peligro estaba en que esa guerra —una guerra estática, basada en la tenacidad de los oponentes, carente de acontecimientos reseñables— pudiera coartar gradualmente, en lugar de estimular, el ánimo de sus espectadores. El reclutamiento, por supuesto, vino a minimizar ese peligro. Todos y cada uno de los franceses estaban juntos en los momentos de aflicción y también en los de gloria. Pero la gloria de esta guerra no es de las que trascienden ni de las que deslumbran. Es mucho más fácil rendirse ante el halo del dinamismo que ante el de la tenacidad, máxime cuando los franceses todavía se aferran a la opinión de que ellos son, por así decirlo, los titulares y dueños del dinamismo. Por tanto, les resultaba mucho más duro tener que realizar en su propia casa labores tan penosas y aburridas como las que les imponía esta guerra. Había motivos más que suficientes, pues, para temer una desintegración gradual pero irreprimible a la larga, no ya de la opinión pública, sino más bien de algo mucho más sutil y fundamental: del sentimiento público. Era muy posible que la Francia civil sufriera un terrible desgaste a nivel individual, de cada uno de sus ciudadanos, cuya actitud hacia la guerra podría verse menoscabada. A pesar de que la colectividad, el grupo, diera la impresión de mantenerse a la altura.

No obstante, creo que el francés no sería humano, y, por tanto, no resultaría tan interesante, si no se percibieran en él síntomas ocasionales de estar al borde de correr semejante riesgo. No hay ningún francés, hombre o mujer —con la única salvedad, tal vez, de algún teórico un poco nervioso, aunque inocuo—, que haya vacilado un solo momento acerca de la validez de la política militar de su país. Aunque, desde luego, algunas voces sí que han clamado que todo esto resulta mucho menos sencillo de lo previsto, y que los sacrificios exigidos para mantenerse a la altura de las circunstancias están resultando excesivos. Por supuesto, hay personas así. Y, si no nos hubiéramos cruzado con ellas a lo largo de todo este tiempo, habríamos tenido que dar por hecho que existían. Para algunos, tener que renunciar a un determinado nivel de vida, o a un determinado panecillo para el desayuno, ha resultado muchísimo más arduo de lo que en un principio creían. No obstante, resulta curioso comprobar cómo los franceses, comedidos por naturaleza, pueden renunciar con más sencillez a las comodidades y a los lujos que ellos mismos han inventado que otros pueblos que han ido adoptando como propios esos mismos lujos.

Sin embargo, son muchos más los que han descubierto que el sacrificio de la felicidad personal —de todo aquello que hace que la vida sea más llevadera o de lo que hace que merezca la pena luchar por el propio país— resulta mucho más duro de lo que la más fértil y aprensiva imaginación hubiera podido idear jamás. Para algunas madres y para algunas viudas, la contemplación de una sola tumba o el que apareciera un nombre en una lista de desaparecidos, había hecho que todo el conflicto se convirtiera en el cuento narrado por un idiota.* Disponemos de montones de ejemplos así, pero lo cierto es que no han sido suficientes como para poder desviar ni un ápice la sutil corriente del sentimiento público. A no ser que resulte más veraz, a la par que más inspirador, suponer que, de entre todo este grupo de confusos y cegados ciudadanos, la mayoría ha tenido el valor de ocultar su desesperación y de exclamar ante este gran esfuerzo nacional que es la guerra: «Aunque me mate, en ella confiaré».** A pesar de que ya no tenga el más mínimo significado para ellos. Precisamente en esto consiste uno de los más rotundos éxitos del carácter francés; el de conseguir que siga fluyendo una miríada de abrasadoras corrientes procedente de millones de corazones insensibilizados por el sufrimiento; el de lograr que tantas manos muertas sigan alimentando su luz inmortal.

Esto no significa en absoluto que la resignación sea la nota preponderante en el espíritu de Francia. La actitud de los franceses, después de catorce meses de sufrimiento, no es de sumisión ante esa catástrofe sin precedentes, sino de exaltación, de energía, de una renovada determinación para poner coto al desastre. En todos los segmentos de la población descubrimos el mismo sentimiento: cada palabra, cada acción, se basan en la voluntaria negación de un final que no sea el de la completa victoria. El pueblo francés no se plantea aceptar ningún tipo de acuerdo mutuo del mismo modo que a nadie se le ocurriría pensar en enfrentarse a una inundación o a un terremoto con una bandera blanca.

A cualquier observador de la contienda que se aventure a hacer semejantes afirmaciones, se le podrían plantear dos preguntas. Cualquiera podría requerir una explicación para: ¿con qué pruebas contamos para apoyar la existencia de ese sentimiento francés? Y, por otro lado, ¿qué condiciones y cualidades le asisten?

Las pruebas, ahora que «ha muerto el tumulto y se ha acallado el vocerío», ahora que parece que la vida civil ha vuelto a caer en algo parecido a la rutina, resultan, naturalmente, menos definibles que al principio. Una de las más evidentes la hallamos en el ánimo con que se aceptan las privaciones. Nadie que haya estado en contacto con los trabajadores y con los pequeños propietarios de las tiendas parisinas a lo largo del último año podrá evitar sentirse conmovido por la increíble dignidad y gentileza con que esta gente ha logrado apañárselas sin apenas contar con nada. Las mujeres francesas, apoyadas en las puertas de sus boutiques vacías, todavía muestran la misma sonrisa en los labios que empleaban para calmar la impaciencia de los compradores que antaño abarrotaban su tienda. La costurera que ha de subsistir con la escasa paga de un taller de beneficencia, se entrega a su labor de todos los días con la misma resolución con que lo haría de estar trabajando por un salario completo en un atelier de moda, y no se plantea jamás la idea de obtener ayuda adicional, por no ofrecer el más mínimo indicio de estar en apuros. La alegría habitual de las trabajadoras parisinas se reviste, en los momentos más difíciles, de una extraordinaria fortaleza. Una tarde, en un taller en el que al principio de la guerra empezaron a trabajar muchas mujeres, una joven de dieciséis años escuchó que su único hermano había muerto en combate. Tras unos instantes de desesperación y angustia, se dio cuenta de que toda su familia dependía de lo poco que ella ganaba, así que a la mañana siguiente acudió puntual a su puesto de trabajo. En este mismo taller del que hablo, las mujeres sólo tienen medio día libre a la semana, sin reducción de paga; sin embargo, si hay que servir un encargo con urgencia a un hospital, ellas renunciarán a esa tarde de descanso con tan buena disposición como si lo estuvieran haciendo por placer. Si alguien que hubiera vivido este último año entre los trabajadores y pequeños comerciantes de París se propusiera hacer un listado con los ejemplos de entereza, de abnegación y de secreta caridad, el recuento resultaría interminable. Sin embargo, la esencia de todo ese sacrificio reside en el espíritu que lo inspira.

La segunda pregunta, que planteaba bajo qué condiciones y con qué cualidades se habían producido tales resultados, resulta bastante más difícil de responder. El argumento está tan abierto a las conjeturas, que cada una de las explicaciones que diéramos dependería en gran medida del punto de vista de quien las emitiera. Pero una cosa está clara. Francia no ha logrado alcanzar ese tono que la caracteriza sacrificando sus rasgos nacionales, sino, más bien, gracias a su extremada capacidad para mantenerse bien preparada anímicamente. Por tanto, la forma más segura de encontrar una pista que pueda identificar dónde reside ese característico espíritu de Francia, es la de intentar aislar aquellas características que, siendo distintivamente «francesas» —o, al menos, aquellas que así se lo parezcan a los siempre envidiosos extranjeros—, mantengan una relación directa con la actitud actual de Francia. ¿Cuál de los múltiples dones que adornan hoy día a los franceses, cabe preguntarse, es el que más colabora a que estos sean como son?

La respuesta surge de manera instantánea: intelligence! Muchos franceses no parecen darse cuenta de ello. Están sinceramente convencidos de que la disminución de su actividad crítica ha sido una de las consecuencias más importantes y más útiles de la guerra. Intentan convencernos de que, en aras del patriotismo, este pueblo tan aficionado a buscar todo tipo de defectos en las cosas ha aprendido a no buscar más. Pero nada más alejado de la realidad. Cuando un francés tiene un motivo de queja no lo publica en el Times: su foro es el café, y no el periódico. Y en ese café sigue hablando con la misma libertad de siempre; sigue distinguiendo unos asuntos de otros con el mismo entusiasmo, y juzgando con la misma pasión. La única diferencia reside en que, a la hora de aplicar esa misma inteligencia a un problema que reviste mucha más importancia y trascendencia que cualquier otro con el que haya tenido que lidiar hasta el momento, se ha liberado de la mayoría de los prejuicios, de las frases hechas y de los convencionalismos que, antes de que estallara la guerra, modelaban su criterio. Antes, su inteligencia discurría por cauces de lo más trillados; ahora, en cambio, se ha desbordado y ha rebasado sus estrechos límites.

Esta liberación de la inteligencia ha ocasionado un reajuste inmediato de los factores que dominan la marcha habitual de la vida del país. En momentos de grandes retos, la medida de un pueblo queda expresada en sus valores; y la guerra ha mostrado al mundo cuáles son los verdaderos valores de Francia. Ni por un instante habría imaginado esta gente, tan experta en el gran arte de vivir, que la vida consistiera justamente en eso: en mantenerse vivo. Enamorados de la belleza y de lo placentero, instalados libre y sinceramente en el presente, han sido capaces, no obstante, de conservar la noción de lo que son los grandes significados de la existencia; han entendido que la vida está hecha de cosas pasadas tanto como de las cosas que han de venir, de renuncias tanto como de satisfacciones, de tradiciones tanto como de nuevos experimentos, de muerte tanto como de vida… Jamás habían considerado que la vida fuera algo que mereciera gozar de consideración por sí misma, más allá de las relaciones y de las vicisitudes que pudiera aportarles.

Así que ha sido la inteligencia, en primer lugar, lo que ha ayudado a Francia a ser lo que es. Lo siguiente tal vez sea tan sólo uno de sus corolarios: expression. Los franceses son los primeros en reírse de sí mismos por recurrir constantemente a las palabras: parecen tomarse ese don que tienen de la expresividad como una debilidad, como un posible elemento disuasorio de la acción en sí. Lo acontecido a lo largo del último año, empero, no confirma esta teoría. Más bien ha venido a acreditar que la elocuencia es, para los franceses, un arma suplementaria. Por «elocuencia» no me refiero, naturalmente, a la capacidad de hablar en público, ni tampoco a una excepcional habilidad para escribir de modo retórico, como suele pensarse con demasiada frecuencia. La retórica sirve para disfrazar las opiniones convencionales, mientras que la elocuencia sirve para expresar sin miedos las emociones más reales. Y ese don consistente en expresar sin miedo las emociones —sin miedo a, por ejemplo, hacer el ridículo, o a producir en el oyente la mayor de las indiferencias— ha constituido una de las grandes fortalezas de Francia. Representa una prueba del alto nivel de la inteligencia de los franceses el que crean que las palabras que se utilizan adecuadamente para expresar cualesquiera sentimientos consiguen que estos vibren y se eleven. No les produce el más mínimo sonrojo el no considerar que las «palabras» son algo separado de la emoción, algo extrínseco a ella o, incluso, un mero vehículo hacia ella, sino que son algo que realmente anima y le da forma a la emoción. Esa facultad adicional para exteriorizar sus estados de ánimo, para dotarles de un rostro y de un lenguaje, constituye una ventaja tanto moral como artística. Goethe nunca fue tan sabio como cuando afirmó:

«Dios me dio la voz para que expresase mi dolor».

No es exagerado afirmar que en estos momentos los franceses extraen buena parte de su fuerza de su propio lenguaje. La devoción con que lo han mimado y lo han cultivado ha hecho que se convierta en un poderoso instrumento en sus manos. Se trata de una lengua capaz de expresar tan bellamente lo que piensan, que cada vez que la usan se han de sentir más fuertes, casi renovados. Las palabras que ya fueron pronunciadas pasan de unos ciudadanos a otros, de generación en generación, con lo que ese mismo poder se transmite a los demás. Cualquiera que haya vivido en Francia durante el último año puede enumerar incontables ejemplos de tan feliz capacidad de expresión. En los bolsillos de los jóvenes soldados muertos en combate se han encontrado cartas de despedida para sus padres que nada tienen que envidiar al heroico verso isabelino; y las madres que han visto cómo les arrebataban a sus hijos les han enviado por respuesta un grito de coraje.

«Gracias», me escribió el otro día alguien que se lamentaba de una pérdida semejante, «por haber entendido la crueldad de nuestro destino, y por haberse apiadado de nosotros como lo ha hecho. Gracias también por haber exaltado el orgullo que se mezcla con nuestro indecible dolor». Simplemente eso. Nada más. Pero esta mujer podría haber estado hablando por todas las madres de Francia.

Cuando la elocuente expresión de los sentimientos no se produce al amparo de la acción —o, al menos, en un estado mental semejante al de la acción— aquélla se hunde en el nivel de la retórica; pero en Francia, en estos momentos, la conducta y el modo de expresarla se reflejan mutuamente y se complementan. Y esto me lleva a otra de las grandes características que contribuyen a conformar el espíritu de Francia: la naturaleza de su valor. El que este rasgo aparezca en el último lugar de mi lista no es algo involuntario. El valor de los franceses es un valor racionalizado, un valor que surge de la meditación, y que se despliega para un fin determinado. Es, al igual que muchas otras cualidades del temperamento francés, producto de la inteligencia.

Ningún pueblo tan sensible a la belleza, ni tan apasionadamente interesado por la vida, ni tan dotado del poder de expresar e inmortalizar ese mismo interés, podría desear la destrucción por la destrucción. Los franceses odian «el militarismo». Es estúpido, nada artístico, falto de imaginación y esclavizante. No puede haber cuatro razones mejores que éstas, tan francesas, para detestarlo. Los franceses tampoco han disfrutado jamás con esos deportes salvajes que tanto entusiasmo despiertan en pueblos más apáticos o más brutales. Ni los combates de boxeo ni las corridas de toros provienen de Francia, y los franceses no suelen dirimir sus diferencias a puñetazos, en peleas espontáneas: lo hacen, de un modo lógico y tras largas deliberaciones, en el campo de duelos. Pero, cuando sobreviene una amenaza nacional, Francia se convierte en lo que los franceses llaman, con orgullo y con razón, «una nación guerrera», y, para salir airosos de la empresa en cuestión, se valen del ardor, de la imaginación y de la perseverancia que han hecho de su nación, durante siglos, la gran fuerza creativa de la civilización. Todos y cada uno de los soldados franceses saben por qué están luchando, y por qué, en estos cruciales momentos, el valor físico es la primera cualidad que se les exige; y todas y cada una de las mujeres francesas saben las razones que han llevado a su país a la guerra, y por qué su valor moral resulta esencial para complementar el desprecio de los soldados a la muerte.

Las mujeres de Francia transmiten ese valor moral con sus actos y también con sus palabras. Puede que las francesas, por lo general, sean menos valientes que sus hermanas anglosajonas, considerando el término «valiente» en su acepción más instintiva y elemental. Les asustan más cosas, pero también es cierto que les da menos vergüenza mostrar su temor. Las madres francesas miman a sus hijos, tanto a los niños como a las niñas: cuando éstos se caen y se lastiman las rodillas, lo que se espera de ellos es que lloren, y no que controlen sus sentimientos, como ocurre con los niños ingleses y americanos. He visto a muchachos franceses bien crecidos berrear literalmente por un arañazo o un moratón por el que una chica anglosajona de la misma edad no se habría atrevido a derramar siquiera una lágrima. Las francesas actúan con timidez en lo que se refiere a su propio comportamiento y también al de sus hijos. Les asusta lo inesperado, lo desconocido, lo nuevo. A ellas no se les educa para que finjan poseer una fortaleza física que en realidad no poseen. No cuentan con la ventaja que a nosotros nos da esa hipócrita disciplina de «las buenas maneras», así que cuando se les obliga a ser valientes, deben extraer esa valentía de su inteligencia. Deben estar convencidas de la necesidad de desarrollar un comportamiento heroico. Después de todo, se trata de mujeres preparadas para cabalgar, brida con brida, al lado de Juana de Arco.

Descubrimos otra manifestación de ese coraje «racional» tan propio de las mujeres francesas en lo fácilmente que se adaptan a todo tipo de trabajos desagradables. De hecho, casi todos los trabajos que les han sido encomendados desde el estallido de la guerra han sido desagradables. En una ocasión, un médico francés me dijo que las mujeres francesas solían ser muy malas enfermeras, excepto cuando tenían que cuidar de sus propios compatriotas. Son de un temperamento demasiado íntimo, demasiado emocional, y suelen estar demasiado interesadas por las cosas que merecen la mayor de las atenciones como para ocuparse de los detalles más puntillosos, propios de la labor de una buena enfermera. Salvo, claro está, cuando esos puntillosos detalles pueden servir para ayudar a quienes estén cuidando. Pero incluso entonces, por regla general, no se muestran demasiado ordenadas ni sistemáticas. Aunque compensan esas deficiencias con su inagotable buena voluntad y su simpatía. Les ha resultado fácil convertirse en buenas enfermeras, ya que cada mujer francesa que cuida de un soldado francés actúa como si estuviera cuidando de un pariente cercano. Puede que las enfermeras de guerra francesas tengan tendencia a perder el instrumental o que se les olvide esterilizar alguna gasa; pero casi siempre encontrarán la palabra perfecta y el tono exacto para consolar a los soldados heridos que tengan a su cargo. Esa profunda solidaridad, una de las consecuencias del reclutamiento, florece, en periodos de guerra, con una dedicación exquisita e imparcial.

Esta es, pues, la respuesta a la pregunta de «cómo es Francia en realidad». Toda la población civil del país parece haberse fusionado en una sola figura simbólica, que ofrece ayuda y esperanza a los soldados o que se inclina con toda la atención del mundo sobre los heridos para cuidar de ellos. La dedicación, la abnegación, pueden parecen instintivas, pero se basan en realidad en un conocimiento razonado de la situación y en una inquebrantable consideración de los valores que han de tenerse en cuenta en la vida. Toda

Francia sabe hoy que «la vida» real se compone de aquellas cosas que hacen que merezca la pena vivir, y que esas cosas, para Francia, dependen de la libre expresión de su carácter nacional. Si Francia perece como faro intelectual del mundo y como fuerza moral, todos los franceses perecerán con ella. Y la muerte a la que de verdad temen los franceses no es la que pueda producirse en las trincheras, sino la que sobrevendría tras la extinción de su ideal de nación. Todo el país lucha en contra de esa muerte. Y la capacidad de reconocer semejante peligro es lo que, en estos momentos, ha hecho que el pueblo más inteligente del mundo haya pasado a ser también el más sublime.